新潮文庫

雪の果て

人情江戸彩時記

藤原緋沙子著

新潮社版

10507

目次

雪の果て

人情江戸彩時記

雪の果て

一

師走《しわす》で賑《にぎ》わう浅草寺《せんそうじ》の仁王門。風一陣が吹き抜けたその時だった。

「待て！　待て待て！　そこを行くのは黒木藤十郎、待ちやがれ！」

腰の大刀を抜き放ち、大声を放ったのは、百姓姿の三十半ばの男であった。

百姓姿の男は、参拝客に交じって前を行く托鉢笠《たくはつがさ》を被《かぶ》った浪人体の男に叫んだのだった。

浪人は背を向けたまま立ち止まった。

刹那《せつな》、不気味な緊張感が辺りを包んだ。

すると、なんだなんだ、どうしたんだというように、行き交う人たちが立ち止まり始めた。瞬《また》く間に二人を囲むように大きな人の垣根が出来る。

浪人体の男は、行く手を阻《はば》まれた格好だ。大勢の視線を受け、覚悟を決めたようにゆっくりと振り返った。

「おう……」

人垣からどよめきが起こる。

浪人は鼠色《ねずみいろ》のくたびれた小袖《こそで》に焦《こ》げ茶の袴《はかま》、顔は深い笠に隠れて判然とはしないものの、いかにも尾羽打ち枯らした風情《ふぜい》である。芝居でいえば、格好の見せ場というところか。

川面《かわも》に浮かぶ土ざえもんにさえ江戸の人たちは老若《ろうにゃく》男女の区別なく興味を示し、わざわざ足を運んで見物するぐらいだから、突然境内でこれから起ころうとしている騒動を見過ごして帰る者はいない。

皆固唾《かたず》を呑《の》んで二人の男に注視した。

すると、百姓男がぐいぐいっと大股《おおまた》で浪人に近づくと、右手に大刀、左手は拳《こぶし》を作って両手を広げ、仁王のように目をひき剝《む》いて口上を述べた。

「ここで会ったが百年目、親父《おやじ》の敵《かたき》を捜し捜してはや七年、この江戸で願掛けに来た浅草寺で念願叶《かな》うとは、観音様のお導きか、はたまた権現《ごんげん》さまのお情けか、やい、いつまで顔を隠していやがる。逃れようたってそうはいかねえ！」

「ふっ」

浪人は深い笠の下で鼻で笑うと、

「人違いだ、お前など知らん！　俺は敵持ちなどでは無い」

低い声で切り返した。

「白を切るのか藤十郎、お前のその手首の傷がなによりの証拠じゃねえか！」

百姓男は金切り声をあげて浪人の手もとを指差した。

浪人は慌《あわ》てて左の手首を右掌《みぎて》で押さえた。

その様子に野次馬たちは……得たり……と大きくどよめく。

百姓男は、人垣の反応を味方につけてますます声を大きくした。

「お前の刀に命果てた親父だが、窮鼠《きゅうそ》猫を嚙《か》むってのはこの事だ。死ぬ間際《まぎわ》に、お前のその手首に一撃をくれてやったのは親父の執念、それを目印に俺はお前を探していたんだ。やい、侍のくせに卑怯者《ひきょうもの》め。間違いなく親父の敵だ、黒木藤十郎、神妙に勝負しろい！」

百姓男の大見得に、

「そうだ、侍のくせに逃げるのか！」

「お百姓の、やっちまえ！」

人垣から声がかかる。

なにしろ江戸もこの頃になると、仇討《あだうち》は侍の専売特許ではなくなっている。百姓町人が侍顔負けの仇討を果たした話も珍らしくない。相対する二人を見て、野次馬は百姓男の味方と化したようだ。

「ううむ、そうまでいうのなら、返り討ちにしてくれるわ」

浪人が托鉢笠を頭から剝《は》がして放り投げた。

「おう……」

人垣から又驚きの声が上がる。

なんとその浪人の顔と言ったら、月代《さかやき》は伸び口の周りに無精ひげは生やしているものの、敵持ちとは思われないなまっちろい肌をした、一見役者の二枚目のような男だったからだ。

百姓姿の男の方が体格も良く赤銅色《しゃくどういろ》の肌をし、四角い面《つら》は、どちらかというと強面《こわもて》ときているから、人垣を作っている野次馬は、一瞬どちらが悪人なのかと戸惑ったようだ。

「斬《き》り捨ててやる」

浪人が刀を抜くと、百姓姿の男も両足を踏ん張って両手で柄《つか》を摑《つか》んで立った。

次の瞬間、

「やー!」

百姓姿の男が斬りかかった。

浪人はその剣をひょいと躱《かわ》して、百姓姿の男が走り抜けるその背中に刀を振り下ろした。

「うわー!」

人垣が叫ぶ。中には両手で目を覆《おお》う者もいた。皆、浪人の刀が百姓姿の男の背中を切り下げたと想像したのだ。

あにはからんや、百姓姿の男は素早く体を浪人に向けると、この剣を受け止めて、ぐいぐいぐいと浪人を押していく。

やんやの喝采《かっさい》だ。浪人に伍《ご》して戦う百姓姿の男に、皆驚いている。

と、二人は同時に後ろに飛んだ。そしてまた、激しい打ち合いが始まった。

再び二人は左右に飛び、また構え直す。

互いに睨《にら》み合うその肩は、激しく上下に波を打ち始めた。

どちらが勝つのか、一瞬一瞬に息を呑み、人々がひきつけられているその時、若い女が人垣の間を縫うように動いていく。怪しげな動きだったが、人々の関心は人垣の中心の二人の男の戦いに集中している。

ところがたった今、人垣の後ろに立ち止まった裁付袴《たつつけばかま》の侍は、若い女の姿に気付いて驚いた。

――お京じゃないか……。

裁付袴の侍は、脇《わき》に書画用の帳面を抱えている。ふらっとここに立ち寄ったという風情だが、その視線は次に人垣の中で刀を構えて睨みあう二人に走った。

「馬鹿《ばか》な、何をやってるんだ！」

裁付袴の侍は、人垣に力ずくで分け入ると、

「待った！……何の真似《まね》だ！……止《よ》さんか！」

睨みあう浪人と百姓姿の男の中に立ち一喝した。

「松江の旦那《だんな》……」

百姓姿の男の体からみるみる力が抜け落ちた。

「刀を引け！……引かぬと俺が許さんぞ！」

松江と呼ばれた侍は、今度は浪人に向かって言った。

「止《や》めた、ちぇ、うまくいったと思ったのに……。貞次郎《ていじろう》さまに会ったが運のつきだ。止めた止めた」

浪人姿の男は刀を放り投げるとふて腐れた顔でそこに座った。続けて百姓姿の男も刀をおさめて苦虫を嚙み潰《つぶ》した顔で並んで座った。

「金之助《きんのすけ》、佐助《さすけ》、ここは芝居小屋ではないぞ」

松江貞次郎という侍は、浪人姿の男を金之助と呼び、百姓姿の男を佐助と呼び、二人を交互に睨みながら、金之助が放り投げた刀を拾うと、その刃をじっと見た。

「ふっ……」

貞次郎は苦笑すると、自分の腕を捲《まく》ってその刃を強く押し付け、二度三度と引いて見せた。

そして、一滴の血も出ていない事を、腕を突き出して人垣に披露した。

野次馬は途端にしらけきって「なんだなんだ、どうなってるんだ、やらせかよ」などと憤懣《ふんまん》の声をあげ始めた。

「もう終わりだ。さあ皆、帰った帰った……」

松江貞次郎と呼ばれた侍は、大きく手を振って人垣を蹴散《けち》らした。

野次馬が散ると、先ほど人垣の間を忙《せわ》しく縫って歩いていた若い女が近づいて来た。

「ちぇ、旦那、いいとこだったのに、儲《もう》けそこなったじゃないか」

若い女は着物を短く着て、寒空に白い足をにょきっと出している。

「お前たちだったのか。近頃御府内の名所で仇討ち騒ぎが起こり、見物人の懐《ふところ》から巾着《きんちゃく》が掏《す》り盗《と》られるなどという噂《うわさ》を聞いたが、まさかな」

「誤解だよ。退屈しのぎに芝居は打ってるけど、人の懐なんて狙《ねら》わないよ。そいつは別の人間のしたことだ」

お京がくってかかる。

「嘘《うそ》をつけ」

貞次郎は、お京の腕をぐいと摑むと、お京の袖の中や帯の間から、巾着一つと財布一つを摑み上げた。

「あっ」

お京は取り返そうと手を上げるが、貞次郎の険しい顔にしゅんとなった。

「役人に捕まったらどうなるか分かっているのか、許せん。一緒に来い。金之助、佐助、お前たちもだ」

貞次郎は三人を睨《にら》み据えた。

「さあ、何故《なぜ》芝居を打ってまで人の懐を狙ったのか話してみろ」

貞次郎は険しい目で三人を睨みつけた。

場所は浅草寺内にある絵馬堂《えまどう》の中である。堂内には長椅子《いす》が参拝客の休息用にいくつも置いてある。隅の長椅子に三人を座らせて自分も真向いの長椅子に座った。

参拝客の出入りはあるものの、みんな絵馬をざっと眺めると長居をしないですぐに出て行く。堂の隅に座っている四人に気を留める者はいない。

「……」

三人は下を向いたままで口を固く結んでいる。

「金之助、お前は俺に剣術を習いたいと言ってやって来た時、なんと言った……少し剣術が出来れば、悪役でもいい、役者として胸を張れる役が貰《もら》えるかもしれん、このままじゃあ木戸番で終わりだ。旦那、ほんの少しでいいですから、刀の使い方を教えて下さい。そう言っていたな……」

「……」

金之助は、首を竦《すく》めて俯《うつむ》いた。

「佐助、お前だってそうだ。金之助さんが習うのなら、あっしにも教えてくれ。日傭取《ひようとり》だって、人足置き場じゃあ腕っぷしが物をいう。弱い者はいじめに遭う。せめて少し剣術の真似ごとができれば、いじめの対象から逃れられる……そう言ったな」

「へい」

佐助は、蚊のなくような声で返してきたが、いっそう小さくなって上目づかいで貞次郎の視線を外している。

「お京だってそうだ。俺が知っているお京は働き者で、おとっつぁんの世話を嫌な顔ひとつせずにしている感心な娘だ。それが、いったい何時《いつ》から、人の懐を狙うようになったんだ……」

貞次郎は、先ほどお京から取り上げた巾着と財布を三人の前に置いた。貞次郎とお京と佐助は、米沢町《よねざわちょう》にあるおたふく長屋の住人だ。入り口の木戸に、お京の父親松吉が、どこで貰ってきたのか木彫りのおたふくの面を張り付けてから、辺りでは貞次郎たちが住まう長屋を、おたふく長屋と呼ぶようになったのだ。

その長屋で、貞次郎は丸薬を作って薬屋に卸して糊口《ここう》を凌《しの》いでいる。そして時折、好きな絵を描きに野や山に出かけて行く。

お京は父親と二人暮らしだが、出職だった大工の父親が怪我《けが》をして寝込んでからは、お京が魚を売る稼ぎで暮らしを立てているのである。

そして佐助は、川越《かわごえ》から出稼ぎにやって来た百姓の次男坊で、日傭取をし、暮らし向きを切り詰めて田舎の親に仕送りをしている感心な男である。

また金之助は、在所は佐助と同じ川越らしいが、こちらは商家の末っ子で、家出をして江戸に出て来、両国の芝居小屋で寝起きして、一人前の役者になるのを夢としている男である。

三人が三人とも、これまでの暮らしぶりを考えても、手が後ろにまわるような所業をする輩《やから》ではない。

だから金之助と佐助に剣術を教えてやってほしいとお京が言ってきた時には、貞次郎は喜んで引き受けてやったのだ。柳原《やなぎわら》土手で一月あまり、刀の握り方や打ち込み方など、基礎的な心得を教えていた。

それがまさか、こんな事をしでかすための準備だったとは――。

貞次郎は呆《あき》れるやら腹が立つやら、お灸《きゅう》のひとつもすえてやらなければ胸の怒りはおさまらない。

「説明しろ、でないと三人とも雷門まで行くか……雷門を出たところに番屋がある。そこにお前たちを突き出してやる」

「旦那、堪忍《かんにん》して下さいよ。もう二度としませんから」

佐助が言った。

「ごめんなさい、悪いのは私です。私が二人をそそのかして……」

お京が頭を下げる。

「お京ちゃん、いいんだよ。こっちだって小金もほしいし、それになにより、面白がってやったんだから」

　金之助が言うと、お京は首を横に振って否定し、その目を貞次郎に向けると、

「旦那、全《すべ》て白状します。ですから番屋に突き出すのだけは止めて下さい。これには、深い訳があったんです」

　真剣な顔で言った。

「よし、話せ。ただし、話の中身によっては容赦はしないぞ」

「分かりました。実はあたし、昔迷子になったことがあるんです。その時に私を救ってくれたお坊様が今困っているのを知って、それでなんとか力になりたいと思って……」

「それが人の懐を狙った理由か……」

「お金がいるんです。お坊さんを助けるためには……でも、今のあたしの働きでは、おとっつぁんと二人食べていくのがやっとのことです。それで最初のうちは、三人で芝居でも打って集まった人たちからお金を集めようって話だったんだけど、みんなケチでさ、面白がって見てくれるんだけどお金は出してくんない。なんとかしなきゃあ時間もない。それで……」

「人の懐を狙ったのは、今回が初めてだっていうんだな」

「はい。神賭《か》けて誓います」

「よし、も少し詳しく話してみろ」

お京は大きく頷《うなず》くと、話し始めた。

それはお京が八歳になってまもなくの事だった。

前年に母親が流行病《はやりやまい》で急逝し、泣いてばかりいるお京を不憫《ふびん》に思った父親の松吉が、亀戸《かめいど》天満宮のうそ替え神事のお祭りにお京を連れて行ってくれた時のことだった。

うそ替えの神事というのは、幸運を呼ぶと言われている、うそという鳥の木彫りを新しいものと交換するという祭りである。

この祭りで、うその鳥を持参して取り換えっこする者もいれば、新しく手に入れるためにやって来る者もいる。

病気で臥《ふ》せっていたお京の母親が、

「天満宮様に行って、うその鳥を頂きたかった……お京が元気で幸せになるように頼みたかった……」

松吉にそんな遺言を残していた事もあって、この日亀戸天満宮に行く決心を松吉はしたようだった。

松吉とお京は、天満宮の境内で、ようやくうその鳥の木彫りを手に入れて、石の上に座って一服していた。

家から持参した握り飯をほおばりながら、目の前を行き過ぎる見たこともない大勢の人々に目をしろくろさせて眺めていたお京は、ふと見た先の群衆の中に、亡《な》くなった母によく似た女の後ろ姿を見た。

「おっかさんだ……」

思わず立ち上がったお京は、握り飯を持ったまま、女の後ろ姿を追って群衆の中に入って行った。

背後からお京を呼び止める父親の声が聞こえたが、母の姿を見失っては一大事と、必死だった。

――おっかさんだ、間違いなく、おっかさんだ。おっかさん、待ってよ……。

お京は心の中で叫びながら、もう夢中で女の後ろ姿を追っかけたが、誰かとぶつかった次の瞬間、女の後ろ姿を見失ってしまったのだ。

そうなってみると、ここが何処《どこ》なのか、神社の中なのか外なのか、もうお京には予測もつかない。

ふらふら歩いているうちに川べりに出た。ここにも大勢の人たちが、手にうその鳥を持ち家路につく姿を見たが、女の後ろ姿はおろか、父親ともはぐれてしまった事に気づき、お京は道の端に棒立ちになって泣いた。

どれ程泣き続けただろうか、声も枯れ、激しくしゃくりあげて苦しくなった時だった。

「迷子になったんだな。よしよし、泣かなくてもよいぞ」

初老の坊さんが近づいて来て、お京の顔を覗《のぞ》きこんだ。

坊さんは、にこっと笑ってみせた。歯の抜けた口が見えた。

二人の頭上を、烏《からす》が鳴きながら神社の杜《もり》の中に飛んでいく。もうまもなく日が暮れるのだった。

お坊さんは、お京の頭を優しく撫《な》でながら訊《き》いた。

「家はどこだ……名前は？」

「家は……長屋です。名前はお京」

「所は……」

「……」

お京の頭から長屋の所がすぽっと消えていた。混乱のあまり、頭の中がまっ白になっていたのだ。戸惑うお京に、

「そうか、覚えていないか。まあいい、今日はこの坊の寺に泊まればいい。明日になったら家を探そう」

坊さんはそういうと、お京の手を引き、自分の寺に連れて行ってくれたのだった。

お京が家に帰ったのは八か月後、坊さんがお京から聞きだした長屋の付近の風景や建物や、松吉という父親の名を頼りに、番屋を訪ねたり、托鉢をしながら歩き回って訊きだしてくれたおかげで、ようやく長屋が分かったのだった。

松吉が長屋の入り口に、おたふくの面を張り付けたのは、まもなくの事だった。お京が迷子になったのが、きっかけだった。

長屋の子供が迷子になった時、おたふく長屋に暮らしていると説明できれば、親の元に帰ってくることが出来る。

松吉の願いは実り、今では米沢町ばかりか、近隣の町でも、おたふく長屋の名を出せば、知らない人はいない程良く知られている。

「でもあたしが迷子になった時には、おたふく長屋なんて名はなかったんです。ですから、愚円《ぐえん》さんに巡り合わなかったら、今頃人買いに売られていたに違いないんです」

お京は、坊さんとの出会いを語り終えると、そう言った。

「その御坊は愚円と申すのか……」

「はい、深川の破れ寺《や》に住んでいます。その寺が壊されるかもしれないんです」

「そうか、しかし芝居を打って見物料を取るのならいいが、何度もいうが、お京のやった事は巾着切りだ。言い訳にはならぬ。ともかく、これをどうするかだが……」

貞次郎は言いながら、巾着の中身を掌《てのひら》の上に落とした。

銭が三十枚ほどと一朱銀が二枚入っていた。更に貞次郎は、巾着を逆さにし、中を覗き、よく確かめるが、持ち主につながるような物は何もなかった。

　お京、金之助、佐助がそれを見て、ふうっとため息をつく。今となっては、持ち主に返せなかった時の罪の重さを考えると胸は不安でいっぱいなのだ。

「うむ」

　貞次郎は掌の銭を巾着に戻した。そして次に、緞子《どんす》の生地で作られた男ものの財布を開いた。

　入っていたのは、一両小判が一枚と、一分金と一朱金がそれぞれ一枚、銭が十六文、そして一辺が一寸と、もう一辺が二寸ほどの長方形の手形が出て来た。

「これは……」

　貞次郎は驚いて、その手形を見詰めた。

　お京たち三人も、もの珍しそうに貞次郎の手にある手形を覗く。

　――高野藩上屋敷――

　手形には焼印が入っていた。

　貞次郎の顔からみるみる血の気が引いていく。俄《にわ》かに険しい表情になっていく貞次郎を見て、

「旦那、どうかしなすったんですかい」

案じ顔で金之助が訊いた。

だが貞次郎はそれに答えず、

「お京、この巾着と財布は、俺が預かるぞ」

難しい顔で言った。

二

貞次郎は、丸薬を紙に包むと、膝《ひざ》横にある小さな紙箱に入れ、ひざ掛けの埃《ほこり》を払うと、紙箱を持って文机《ふづくえ》の前に座った。

作り上げた丸薬は、神田の薬種問屋に納めるものだ。文机の横に置いてある帳面を捲《めく》って記帳すると、ふっと息をつき、火鉢を引き寄せて鉄瓶の湯を湯呑《ゆのみ》茶碗《ぢやわん》に注いだ。

しんとしている。鉄瓶の滾《たぎ》る音の他は、聞こえて来るのは犬の遠吠《とおぼ》えばかり、おたふく長屋の住人は、皆眠りこけているのであった。

貞次郎は行燈《あんどん》の薄い光の中で部屋を見渡す。われながら何もないこの家の中は、いかに一人暮らしとはいえ、さっぱりしすぎていて、漂う空気もどことなく侘《わび》しい。

貞次郎は視線を文机に戻した。そして文机の引き出しから今日浅草寺でお京が掏った財布を取り出した。

巾着の方は浅草寺門前の番屋に拾ったと告げて届けてきたが、高野藩上屋敷の手形が入った財布は持ち帰ってきたのである。

番屋に渡せば表沙汰《おもてざた》になる。なにしろ藩邸出入りの許可を示す手形が入っているのである。門番に質《ただ》されることもなく藩邸内に入れる手形だ。紛失した者はお咎《とが》めは免れまい。いや、もう既にお咎めを受けているのかもしれないのだ。自分が届けてやれば、少なくとも表沙汰にはならなかったと藩邸も安堵《あんど》するに違いない。お咎めも軽いもので済ませるかも知れないのだ。

そう考えて持ち帰ってきたものの、自分は高野藩出奔を余儀なくされた者。藩邸に姿を見せるのは、やはり躊躇《ためら》いがあった。

貞次郎は財布を睨んだ。逡巡《しゅんじゅん》するその顔に、五年前の悪夢が蘇《よみがえ》った。

——あの時も、財布が……。

それは突然貞次郎に襲い掛かった禍難であった。

松江貞次郎は、播磨《はりま》高野藩五万石、勘定方松江喜一郎の弟だ。部屋住みとはいえ、貞次郎は国で第一と称される北辰《ほくしん》一刀流の流れを汲《く》む矢島道場の三羽烏と言われた一人で、婿《むこ》の口も間違いないだろうと仲間から太鼓判を押されていた。

ひと昔前までは、侍に大事なのは算盤《そろばん》と世渡りだった。剣術など無用だと言われていたのに、頻繁にあちらこちらの海に他国の船が現れる昨今は、再び武芸の大切さが叫ばれるようになったのだ。

事実養子にと人を介して松江家に申し入れてきた家もあり、貞次郎は決めかねていた。

それというのも、先年納戸《なんど》役《やく》神崎一之進に嫁いだ弥生《やよい》への思慕が拭《ぬぐ》いきれずにいたからだ。

神崎一之進は同門で一年先輩、しかも中士の家の嫡男《ちゃくなん》だ。そして弥生は、兄の友人の妹だった。

何時の頃からか二人は知り合い、ひそかにひかれあっている事も、口には出さないが互いに分かっていた。

——弥生を妻にしたい……。

部屋住みには全くかなわぬ望みだった。諦《あきら》めきれずに悶々《もんもん》としていたある日、弥生の縁談を知ったのだ。

その衝撃たるや、語れるものではない。

兄の喜一郎の話では、弥生はだいぶ両親に反発したようだが、そんな事が通用するはずもない。

貞次郎は懊悩《おうのう》の末にこう思った。

——妻を娶《めと》るだけが人生じゃない。師範代として道場に残り、剣の道に没頭するのもひとつの生き方だ。

食い扶持《ぶち》を自分で摑《つか》む。さすれば母や兄嫁に迷惑をかける事もない。

心に区切りをつけたある日の事だった。

道場を出た貞次郎は、神崎家の下男だという若い男に、

「弥生さまからです」

と文を渡された。

——弥生殿から……。

帰宅途中の神社の境内で封を切った貞次郎は、そこにまぎれもない弥生の筆の跡を見て、激しく動揺した。

今晩六ツ、神崎宅にお出まし下さいませ。神崎が貞次郎さまにお頼みしたい事があるようです。急ぎお伝え申します。

短い文章だった。

神崎一之進はつい先ごろ、目付を拝命したと聞いていた。その一之進が自分になんの話があるのかと首を傾《かし》げたが、神崎の家に出向けば弥生の顔が見られる。

人の妻となった女の姿を見るのは苦しいが、それでも一目見たい。けじめをつけたと思っていた心に、再び波が立った。

貞次郎は母や兄夫婦と夕食を済ませると、行き先は告げずに家を出た。

貞次郎の家と神崎の家は一町ほど離れている。

激しい鼓動を押さえて、貞次郎はまもなく神崎家の門をくぐった。

「貞次郎さま、おひさしゅうございます」

出迎えてくれたのは弥生だった。

「元気そうでなにより……」

おざなりの言葉しか思いつかなかったが、貞次郎の胸はこみ上げてくる熱いもので一杯だった。

弥生は匂《にお》い立つような女になっていたのである。もともと色白の女だったが、その肌はもっちりとして陶器のような美を醸《かも》し出している。

座敷に案内されながら、つつましやかな腰の実りと、その動きに貞次郎は圧倒されていた。

「夫はまだ帰っておりません。しばらくお待ちくださいませ」

弥生はそう告げると立ち上がった。

貞次郎は部屋を出ようとする弥生に、

「幸せそうでなにより、安心いたした」

低い声で言った。何か今言葉を掛けなければ再び会うことはあるまい。貞次郎の声は僅《わず》かに震えていた。

だが、弥生はくるりとこちらを向くと、貞次郎の胸の内に触れるのを避けるように、

「今、お茶をお持ちいたします」

静かに言って引き下がった。

お茶は、弥生が運んではこなかった。貞次郎に文を届けてきた下男が運んで来た。

「……」

弥生は自分を避けている……貞次郎は自分が哀れだった。

幸せそうでなによりだ、などとありきたりの言葉を弄《ろう》さなくても、弥生がここで神崎の妻として幸せに暮らしているのは明白ではないか。

――弥生は、あの男に、ここのどこかの部屋で抱かれ、女として磨かれてきたのだ……。

貞次郎は、いたたまれなくなって立ち上がった。

その時だった。弥生が入って来た。

「申し訳ありません。あの人は、六ツには帰ると言っていたのですが、今使い

がございまして、少し遅くなるようです」

「では、俺はこれで失礼する」

貞次郎は不快な顔で告げた。すると、

「貞次郎さま……」

弥生がふいに近づいて来て、貞次郎の前に座ると、渋い文様の財布を差し出したのだ。

「これはここに嫁ぐ前に、貞次郎さまにと私が縫い上げたものです。お渡しできずにこちらに嫁ぎましたが、いつかお会いできたらお渡ししたい、そう思って持って参りましたもの。お使いいただけないでしょうか」

弥生の目には、ひたすらなものがこもっていた。先ほど部屋を下がる時の弥生とは違っていた。

貞次郎は狼狽していた。

「この緞子の裂地《きれじ》は、私の茶入れの仕服にも使用しております。この世に二つとない物です。私のお詫《わ》びの気持ちです」

弥生は、じっと見つめる。その瞳《ひとみ》は濡《ぬ》れているように見えた。

「弥生どの……」

貞次郎も弥生を見詰めた。

たった今まで、ここに来なければよかったと後悔していたその気持ちは一転し、熱い血が全身を駆け巡った。

「どうぞ、おしまい下さいませ」

弥生が白い両手に財布を載せて差し出したその時、なんといきなり神崎一之進が入って来たのだ。

「何をしておる！」

神崎の顔は引き攣《つ》っていた。その目は弥生の手元にあった。

弥生は、はっと手を引いたが遅かった。一瞬早く神崎は弥生の手にあった物を取り上げていた。

怒りの目で中身を確かめ、

「ふん、俺の帰りが遅いからと、堂々とこの家で不義の約束でもしていたのか」

「無礼な、神崎殿、口が過ぎるのではないですか」

さすがの貞次郎も、むっとした。

「じゃあこれは何だ？」

財布をつまんで、ひらひらと振ってみせる。

「すみません、その品はわたくしが作ったものですが、兄に渡していただけないかとお願いしていたところです」

弥生は咄嗟《とっさ》に言い訳した。

「違うな」

一之進は一蹴《いっしゅう》した。

「お前が俺の妻になる前に誰に心をよせていたのか知らぬと思ってか……」

じろりと弥生を睨み、そしてその視線を貞次郎にひたと止めた。そして貞次郎を冷たく見据えたまま、

「まあいい、これは俺が預かって置く。お前は下がれ」

弁明しようとする弥生を、険しい声で下がらせると、

「話がある、座ってくれ」

憮然《ぶぜん》として立ったままの貞次郎を顎《あご》で促した。

「何を突っ立っているのだ。おぬしにとって悪い話ではないぞ。同門のよしみで声を掛けたのだ」

弥生から奪い取った品を握りしめた一之進の手が、貞次郎を牽制《けんせい》している。

貞次郎は黙ってそこに座った。

「……」

一之進は用心深い目で、庭に面する障子を閉めた。そして、貞次郎の前にどっかと座った。

「他でもない、おぬしのその腕を借りたいのだ」

神妙な顔で言った。

「腕を？」

「そうだ、おぬしは今、わが藩がお世継ぎを巡って二つに割れていることは知っておるな？」

「知りませぬな。俺は次男坊、政事には興味がありません」

「とぼけるな、知らぬ筈《はず》があるものか……まあいい、実はな、三日後に江戸の藩邸からさる人物に密使が参るという情報をつかんだのだ。その密使を、城下に入る前に片づけてもらいたい」

押し殺した声で一之進は言った。

「！……」

貞次郎は驚いて一之進の顔を見返した。

「誰が密使となって国元に帰ってくるかは不明だが、手練《てだ》れである事は間違いない。そこでおぬしに白羽の矢が立った。と言っても、さるお方に推挙したのは俺だ。おぬしの腕なら敵はおらぬからな」

「人一人殺せと言うのですか……」

突然呼び出して、ずいぶん勝手な命令をするものだと、貞次郎の声には怒りがまじる。

「そうだ、さすればおぬし、兄上とは別に家を興《おこ》せる。それもさるお方から内々に約束は頂いておる」

一之進は不敵な笑みを浮かべた。

「さるお方とはどなたの事です……どなたから約束をとりつけたというのです

か」

貞次郎の険しい詰問の言葉に、一之進がかすかにたじろいだ。

「いやそれは今は言えぬ。だがいずれ話そう。万事首尾よく終われば、おぬしもわれらが仲間だ。どうだ、やってくれるな」

「……」

貞次郎は顔を上げて、目の前の脂《あぶら》ぎった男の顔を睨んだ。そして静かに言った。

「断る」

「何！……」

「そのような怪しげな話に手は貸せぬ」

貞次郎は立ち上がった。

「待て！」

廊下に出ようとする貞次郎の背に、一之進は言い放った。

「おぬしを、成敗いたす」

いきなり抜刀して背後から斬りかかってきた。

「何をする！」

貞次郎は素早く躱《かわ》して廊下から庭に飛び降りた。

「松江貞次郎、不義者として成敗いたす。動かぬ証拠だ、これがな。おぬしは妻をそそのかした不義者だ。皆出てきてくれ！」

なんと、一之進は先ほどの財布を掲げて、そう言い放ったのだ。

侍二人が庭に走り出て来て、貞次郎を挟んだ。

「不義者とは笑止！　……そうか、最初からそういう事だったのか。誘いを受ければよし、断ればあらぬ理由をつけて始末すると……」

「構わん、殺《や》ってくれ！」

一之進の声に、二人の侍が飛びかかって来た。

「止せ！」

貞次郎はやむなく刀を抜いて二人の剣を躱し、打ち据え、慌てて打ち込んで来た一之進の左腕を斬り下げた。

「あっ！」

一之進は腕を摑んで庭に転がる。

「ああ！」

騒動に気付いて走って来た弥生が、この有様を見て廊下に頽《くずお》れた。

貞次郎は急いで神崎邸から走り出た。

国を出奔したのは、そういう事情だったのだ。

「……」

貞次郎は、追憶から覚めた。

忌々《いまいま》しいが、出奔した時の記憶が薄れることはない。いまだ鮮明に思い出される。

——高野藩には実のところ、もう関わりたくない……。

しかしそう思う一方で、弥生の消息を少しでも知りたいという誘惑にかられる。また、お京に財布を掏られたばっかりに、お咎めを受けねばならぬ不運な者を、知らぬ顔の半兵衛ではいられない。

それにお京の罪も、持ち主に返してこそ許されるのだ。

——お京も、厄介《ご》なことに手を出したものだな……。

貞次郎は独り言ちて立ち上がると、台所に歩みより、酒徳利を摑《つか》んだ。

——今夜は飲まずには眠れぬ……。

三

「おい、お京、ここは海禅寺じゃないか」

貞次郎は寺の門を入ろうとするお京を呼び止めた。

「そうだよ」

お京は振り返って、にこっと笑った。その手には、売れ残ったカレイを薄塩にして紙に包んだ土産がある。

貞次郎は今日の昼過ぎ、丸薬を神田の薬種問屋に届けた後、お京と落ち合って、お京が世話になったという坊さんに会いに来たのだった。

海禅寺というのは、深川万年町の向かい側にずらりと並ぶ寺の一つだが、古く寺格の高さを思わせる威厳が漂う。金に困っている坊さんが住んでいるとは、とても思えなかったのだ。

「愚円御坊は、ここに住んでいるのか？」

「この寺の中、こっちこっち……」

お京が貞次郎の袖《そで》を引っ張るようにして向かったのは、寺の本堂とは遠く離れた木立の中にある、朽ちかけた庵《いおり》だった。

一応塔頭《たっちゅう》として建てられていたものか、柴垣《しばがき》の門もついているが、門の前から目に飛び込んできたのは、板葺《いたぶき》の小さな庵だったのだ。

「和尚《おしょう》さん、お京です！」

お京は玄関の戸を開けて大声を上げたが返事がなく、

「裏かな……」

などと独り言を言い、ぐるっと回って、裏の庭に向かった。

「いた……」

にっこり貞次郎に笑って示すと、庭で枯葉を燃やす年老いた僧に近づいた。

愚円はすぐに気づいて、にこにこ顔でお京を迎えた。

「おとっつぁんの具合はどうだ？」

「ありがとうございます。ずいぶんよくなってきましたが、まだ少し不自由で」

「そうか、しかしお京は親孝行だな。感心感心」

「和尚さん、今日はね、同じ長屋に住んでるこの方、松江貞次郎さまっておっしゃるんだけど、和尚さんは近頃お腹《なか》の具合がよくないなんて話をしたら、丸薬を届けてあげようって一緒に来て下さったんです」

お京は貞次郎を、そのように紹介した。

貞次郎は名を告げ、丸薬を愚円の手に渡した。

「腹の痛みや腸満を抑えます。胃腸の弱い人への丸薬です」

「それはかたじけない」

愚円は丸薬の袋を押し頂くようにして礼を述べ、

「ご覧の通りの、わしは海禅寺の居候《いそうろう》のようなものでな。お京は和尚、和尚と呼んでくれるが、ただの坊主《ぼうず》だ」

愚円は笑った。無残に歯が抜けているのが見えた。年の頃は六十近いと見た。

「私もただの浪人です」

貞次郎が苦笑してみせると、愚円は微笑《ほほえ》みながら頷いた。その目が一瞬、肉親を見るような優しい眼差《まなざ》しになったのを、貞次郎は感じていた。

「御坊のことは、お京からいろいろと聞いております。迷子になっていたお京を助けてくれた恩人だと……」

「なあに、当たり前のことをしたまでじゃ。今思えば、あの時、心細そうに泣いていた女の子が、こんなにたくましくなるとは思ってもみないことだった」

愚円は笑ってお京を見た。

お京は照れくさそうに笑い返すと、

「台所にこれ、置いてくるね。薄塩はしてあるからね」

魚を持って勝手口の方に走って行った。

「ああして気遣ってくれるのじゃが、わしもこの庵に世話になるのも潮時かなと思っておるのじゃ」

「出て行くというのですか」

「もともとこの庵に世話になる話は一年じゃったのだ。それが二年になり三年になり、かれこれもう十年じゃ。お京をここに連れてきてからも七年が過ぎた。もう潮時じゃて」

「庵が取り壊されるからですか。お京はそのように言っているが……」

「確かに……この秋の野分《のわき》で屋根が剝《は》がれた。修繕には多額の金子が必要だ。

とはいえ、今すぐにという話ではない。来春の話じゃ」

「行くあては……」

「旅に出るつもりじゃ」

「旅に……しかしお体はよろしいのですか」

「野の果てで死ぬのもわしらしい」

「御坊……」

「なに、すぐに朽ちる訳ではない。旅に出れば、なまっていた体が元気になって長生きをするかもしれぬ」

「お身内は……この江戸に力になってくれる人はいないのですか」

「わしは国と家族を捨てた人間だ。野垂れ死には自業自得《じごう》」

「……」

貞次郎は愚円の言葉に息を詰まらせた。

家族を捨てた……とはどういう事だと尋ねたかったが口を噤《つぐ》んだ。

ただ、愚円のその一言は貞次郎の心をえぐった。自分のこの先を見ているようで、掛ける言葉を失った。

愚円は、焚火《たきび》の煙をかわしながら、火の中を何度も棒でつっつきながら、

「挑発に乗って刀を抜いたのだ。斬《き》らねば斬られる。だから斬った。姦計《かんけい》にはまったのだ。愚かな話だ」

他人事《ひとごと》のように呟《つぶや》く。

「……」

貞次郎は愚円の横顔を見詰めた。

愚円はやがて火の元から顔を上げると、

「国を出る時、わしには七歳の娘がおったのじゃ。離縁状を妻に渡し、旅支度をして家を出たわしを、娘は泣きながら追いかけてきた。その時の娘と迷子になって泣きじゃくっていたお京の姿が重なってな、わしはあの時、黙って通り過ぎることはできなかったのじゃ」

「……」

「わしの娘も、もういい年頃になっている筈だが、わしの頭の中にあるのは、あの時の、泣きながら追いかけてきた娘の姿しかない。今どのように暮らしているのか想像もつかぬ。まっ、お京がわしの娘のようなものじゃな」

愚円は、にこりと笑ってみせた。

貞次郎は大きく頷いて言った。

「私も国元を出て五年になります。国元には兄夫婦と母がおります。二度と会うことは出来ぬと覚悟しておりますが……」

愚円は小さく頷いた。だがすぐにこう言った。

「何、そなたはまだ若い。何があったのか知らぬが、わしの見たところ、そなたに非があってのことではあるまい。そのうちに、国元の事情も変わるかもしれぬよ。望みを捨てぬことじゃ。わしと同じ轍《てつ》を踏まぬことじゃ」

「御坊……」

貞次郎の胸に愚円の言葉は響いた。

「おっ、焼けた焼けた！」

愚円は子供のような声を発して、棒の先に焼けた芋を突き刺して取り出した。

「貧乏所帯で何もないが、お京とそなたに、この芋を馳走《ちそう》しよう」

独り言ち、庵に向かって大声で呼んだ。

「お京、お京、芋が焼けたぞ！」

高野藩の上屋敷は愛宕下《あたごした》にある。

愚円の庵で焼き芋を食したのち、貞次郎はお京より一足先に庵を出て来た。佐賀町《さがちょう》に出て永代橋《えいたいばし》を渡り、愛宕下に向かった。大名小路には高野藩の上屋敷があると聞いている。

国を出て、江戸で暮らして五年になるが、一度も訪ねたことのない場所だ。江戸詰めにも参勤交代にも無縁の部屋住みの身には、上屋敷など遠い存在だ。まして出奔した身であれば、近づくのさえ躊躇《ためら》われる所である。

とはいえ、貞次郎は、藩邸で暮らす人たちとの交わりはない。訪ねて行っても、貞次郎が高野藩の者だなどと知っている者はいない筈だ。

半刻後ほどであったろうか、愛宕下の高野藩上屋敷の前に立った貞次郎は、屋根庇《びさし》のある両番所付きの長屋門を見て、五万石とはいえ、せいいっぱいのその威厳に、静かな高揚を覚えていた。

その国の人間だったという誇りと、その国に会いたい人たちがいるという切なさが入り混じった心の高ぶりだった。

貞次郎はゆっくりと門に歩み寄ると、門番所に告げた。

「落し物を届けに参った」

持参した財布を差し出し、

「浅草寺で拾ったのだが、こちらのお屋敷の手形が入っていた。それで、番屋に届けずに直接持って参ったのだ。改めてくれ」

「これは……」

門番は財布と手形を改めると、驚いて背後にいる太った門番に声を掛けた。

「おい……」

門番同士、貞次郎に聞こえぬように、こそこそ話し合っていたが、頷きあった後、

「暫時《ざんじ》お待ちくださいませ」

太った門番が、屋敷の中に走って行った。

残った門番は、じろじろと貞次郎を観察している。

「渡していただければそれでよいのだ」

引き返そうとすると、

「お待ちください。確かに一人、通行札を無くした者がおりました。今本人に確かめに行っております。まもなく参りますゆえ」

門番は引き留める。

「あれはこちらの手形ではなかったのか?」

「そうですが」

「だったら、もう良いではないか」

「いえ、このままお返ししては、私が叱《しか》られます。どうぞ中の腰掛でお待ちください。風も強くなってまいりました」

「いや、いい……」

門番とはいえ、流石《さすが》躾《しつけ》が行き届いているものだと感心しながら、踵《きびす》を返そうとしたその時、

「あちらです……」

太った門番に案内されて急ぎ足で近づいて来る武士が見えた。

――あっ……。

貞次郎は驚いた。見覚えのある顔だった。慌《あわ》てて背を向けると、

「松江さま、お待ちくださいませ、松江さま!」

武士は走って来た。

「加藤です。加藤真吾《しんご》です。松江貞次郎さま、まさかあなたにお会いするとは思いませんでした」

加藤真吾は道場の後輩で、貞次郎も直《じか》に稽古《けいこ》をつけた者である。

動揺を隠せない貞次郎に、真吾は懐《なつ》かしそうに言った。

「家督を継いで三年になります。参勤でこの秋に参りました」

真吾の目は輝いている。参勤に加えられたのだという自負が見えた。

五年の間に少年だったあの真吾が、見違えるような一人前の藩士になって目の前にいる。

「どこから見ても立派な侍だ」

貞次郎は感嘆して言った。

「松江さまのお蔭《かげ》です。私が参勤に加えてもらえたのは、ご指導いただきました剣術があってのこと、しかも不覚にも浅草寺で無くした財布を松江さまがお届け下さるとは」

「紛失した者がお咎めを受けるようなことがあってはとな……」

「それが、こっぴどく叱られて、謹慎しておりました。お屋敷の出入りは通行手形がなくてはかないません。大切なものを紛失した者は国元に早々帰されると聞いています。昨日から戦々恐々でございました」

真吾は門番に、この方は知り合いだと告げ、待機所は開いているなと念を押すと、門番を追っ払い、

「松江さま……」

小さな声で話があると告げ、貞次郎を門内に入れた。

そして、中間たちがいる大部屋の近くに設けてある待合に入った。客人がある時には、玄関近くに供侍の待機部屋があるが、こちらも下級の者たちの待機所となっている。

「松江さま、もしもこの江戸で、松江さまにお会い出来たらお知らせしようと考えていました。笹岡《ささおか》さまにも、国元出立の時に頼まれておりまして……」

真吾は真剣な目で、ひたと貞次郎を見た。

「笹岡が……」

懐かしい人の名を聞いた。

笹岡馬之助は藩道場の三羽烏《さんばがらす》の一人、貞次郎とはむろん親友だ。出奔する時にも、笹岡にだけは事の次第を手短かに話している。

ただ、母や兄、笹岡にもその後の居場所は報《しら》せていない。一通の文がどんな災いをもたらすかしれぬと考えたからだ。

ところが笹岡は、貞次郎のことを気に掛けていてくれたのだ。

真吾は国元出立前に笹岡に呼び出され、貞次郎が何故《なぜ》国元から消えたのか話したのだ。そして、

「昨年参勤から戻ってきた者が、江戸で松江に会ったと言っている。両国で見たと……人に押されて見失ったが、あれは間違いなく松江であったとな。松江は実家にも所は知らせてないようだ。むろんわしにも何の連絡もないのだ。そこでおぬしに頼みたい。江戸に滞在する間に松江を見つけたら、松江に出奔後の国元の様子を伝えてやってほしいのだ」

笹岡にはそう頼まれたのだという。

「神崎一之進に関わることだな……」

貞次郎の顔は厳しくなる。

「そうです」

「俺が追われている。用心しろということだな」

「いえ、松江さまが国を出られてから、ずいぶんと国の状況が変わりました。まず御実家の方々ですが、お変わりなくお過ごしです。お母上様も兄上様もお元気です」

「そうか、ありがたい」

「それに、先代正俊《まさとし》様が四年前にお亡《な》くなりになりまして代替わりとなっております」

「何、すると今は……」

「はい、側室千里《せんり》の方さまからお生まれになった千代吉《ちよきち》さま、名を改めて正尋《まさひろ》さまが新しい藩主となられました」

「すると、国元の御部屋さま、お信《のぶ》の方さまの御子息、正重《まさしげ》さまは……」

「先代様が御隠れになる少し前に、風邪をこじらせてお亡くなりになったのです」

「……」

「正重さまは千代吉君より三つ年上でした。ただ殿の寵愛《ちょうあい》は、長年千里の方さまお一人の身に注がれておりましたから、正重さまを推すお中老たちと、千代吉さまを推す江戸家老一派との確執があったのです」

「……」

それは貞次郎も知っている。兄から聞いていた。ただ兄はどちらの派閥にも属していなかった筈だ。

「神崎一之進どのは代々中老の杉浦さまに与《くみ》してこられた方です。杉浦さまのご息女はお信の方さまですから、一之進どのは当然、正重さまを次代の藩主にと望んでいた筈です」

「すると俺に、一之進が江戸からの密使を斬れと言ったその密使というのは、江戸家老一派の密使だったということか」

「そのようです。これ全《すべ》て笹岡師範代からお聞きした事ですが……」

貞次郎はあらためて、あの時自分が担わされそうになっていた藩を揺《わ》るがす大罪を知り、慄然《りつぜん》とした。同時に一之進への怒りが、ふつふつと湧いてくる。

真吾は話を続けた。

「その証拠はすぐに露見しました。松江さまが出奔した二日後、街道から城下町に入る鬼ケ原で斬りあいがありました。田口源蔵どのが斬られていたそうです」

「何、田口が……」

田口源蔵も貞次郎と同じ道場仲間だ。腕はそこそこだったが、邪剣に走る人物だった。門弟の中では出来る方だが身分は足軽で七石二人扶持、常に不満を胸にためていた男だった。

「師範代の話では、田口どのは密使刺殺の役を引き受けた。おそらく、人参《にんじん》をぶら下げられたのだろうと師範代はおっしゃっていました。ところが逆に、密使に斬り殺されてしまったと……」

「……」

「あわれというか気の毒な方です。田口どのは無用な斬りあいをしたとして、お家は断絶。母と弟がいたようですが、藩を追われていずこかへ参りました」

「事の失態を、田口ひとりの無用な斬りあいとして片づけたのだな」

「そのようです」

「すると俺も、不義者として裁断されているのかもしれぬな。俺は、神崎一之進の手首を斬っている」

「それが、どういうふうに神崎どのが手首の怪我《けが》を届けたのか、松江さまの名は表には出ておりません」

「何……」

貞次郎は腹の中から、苦々しい笑いがこみあげてくるのを覚えた。

だがよく考えてみれば、一之進が藩庁になんと言って自分の受けた手傷を届けるというのだ。

不義者と相対して手首を斬り落とされたと届ければ、これは不覚をとった一之進自身も責《せ》めを受けるのは必定。しかも笑いものだ。そして妻の弥生も離縁か成敗かしかあるまい。

また、密使殺害を頼んで断られ、それで斬りあいになったなどということが公になれば、これこそ藩の動乱を招く所業だったとして、一之進は一身に罪をかぶせられて蟄居《ちっきょ》謹慎を命じられるだろう。

ましてその後自分たちが推していた人物が逝去し、相手の一派が推す人が藩主になったとなれば、事によっては切腹を命じられてもおかしくない。

「それで、いま神崎一之進はどうしておる？」

貞次郎は真吾の顔をひたと見つめて言った。

「はい……」

真吾の説明によると、新藩主になってから、杉浦中老は石高半減の二百石に減じられた。更に、蟄居謹慎を申し渡され藩政から退いた。

そして神崎一之進は禄高《ろくだか》家格とも大きく落とされて、今は徒小頭《かちこがしら》で十五俵二人扶持、中士から下士の仲間入りとなったようだ。

「ただ、神崎どのは今度の参勤で江戸に来ていますよ」

真吾は眉《まゆ》を顰《ひそ》めた。

「何……」

「少し事情がございまして……」

真吾はその先を話すのをためらうような言い方をした。

「どうした、話してくれ」

「実はお内儀の弥生どのは、江戸表の女中衆にお茶道指南をするよう奥からお達しがあり参っておりましたが、任務を解かれて国元に帰国する前日、町に出たまま行方《ゆきがた》知れずとなったようです」

「何、では弥生どのは、まだこの江戸にいるというのか」

「おそらく……弥生どのを見たという人もおりますから」

「どこで見たんだ……」

「浅草寺です」

「浅草寺だと……」

浅草寺なら貞次郎は良く出かけている。

「ですから神崎どのは、お内儀を探したくて藩庁に懇願して江戸に参ったのです。まさかとは思いますが、神崎どのに出会うこともあるかもしれません。お気を付け下さいませ。執念深い質《たち》のようですから……」

真吾は神妙な顔で言った。

四

融《と》け残った雪は、下草の中で銀色を発している。

浅草寺の茂みの中に一株の藪椿《やぶつばき》を見た貞次郎は、思わず立ち止まった。

肉厚の深緑の葉と真っ赤な花弁に降り積もった雪を、そっと落として一枝を手折った弥生の姿を思い出したのだ。

それは弥生の実家の庭で、茶席の花器に活《い》ける花を藪椿に選んだ時のことだった。

弥生は振り返って、貞次郎に笑みを見せた。これに決めました、そんな満足そうな表情だった。

だが次の瞬間、弥生は積雪に足を取られて、ぐらりと傾いた。

「危ない！」

貞次郎は咄嗟に近づき、弥生の体を抱き留めた。

「あっ」

弥生は貞次郎の胸にしっかりと包まれていた。

弥生の髪の香が、貞次郎の鼻をくすぐった。

だが二人は慌てて体を離した。そして見つめ合った。

弥生の瞳《ひとみ》はうるんでいた。

貞次郎は手を伸ばして、弥生を引き寄せた。

「弥生どの……」

貞次郎は弥生を強く抱きしめていた。

「貞次郎さま……」

弥生もか細い声で応《こた》え、貞次郎の胸にしがみ付いてきた。

だが次の瞬間、貞次郎は弥生の体を剝がすと、足早に庭を出た。

「待って、貞次郎さま！」

弥生の声が追っかけて来たが、貞次郎は振り向かなかった。

——実らぬ夢を見るのは罪だ……。

そう自分に言い聞かせてから、数か月後に弥生は一之進の妻になったのだ。

せめてあの時ひと言「そなたを愛《いと》しいと思っている」と何故告げなかったのかと悔やんできた。たとえその後に人の妻になったとしても、いや、人の妻になるからこそ、自分の心を伝えておきたかった。

貞次郎のその気持ちは、後々弥生に対して未練を残すことになったのだ。だからあの夜も、弥生からの文にいそいそと出向いたのだ。それが全ての始まりだったのだ。

高野藩の上屋敷で、真吾から弥生が江戸にいるらしい、浅草寺で見たものがいると聞いてから、貞次郎はじっとしていられなくなった。

弥生はなぜ一之進のもとに帰らなかったのか……今どこにどうして暮しているのか……見つけ出して近況を知るまでは、放ってはおけないと思うようになったのだ。

あれから貞次郎は、新年を迎えたこの小正月の今日まで、一日もかかさず浅草寺に来ている。

境内に連なる水茶屋を尋ね歩いてみたり、絵馬掛《えまか》けの絵馬に弥生の名はないか調べてみたり、参拝客を注視したり、参道の両端に建つ院の記帳所を訪ねて、弥生の筆跡が残っていないか調べてみたり、やれることは一通りやっている。

だが、どこにも弥生の痕跡《こんせき》はなかったのだ。

——もはやこれまでだな。

貞次郎は、これは雲をつかむような探索だと、ようやく気付いたのだった。だから今日、弥生の消息に巡り合わなければ、いったん探索に区切りをつけるつもりである。

——おや……。

二十軒茶屋近くの参道で、お京が大勢の人たちに向かって声を張り上げているのが目に入った。

お京の両脇《りょうわき》には、浪人姿の金之助と百姓姿の佐助も見える。

——まだやってるのか。

貞次郎は舌打ちすると、早足で垣根をつくっている大勢の人々に近づいた。

「皆様、そういう訳でございまして、私の命の恩人である愚円さんが困っています。もう老人で旅に出てもいつまで耐えられるか心配です。せめて屋根を修繕出来るお金が集まれば、しばらく庵を出なくて済みます。どうか、皆さまのお慈悲を頂きたいのです」

すると、横に並んでいた二人が、小さな籠《かご》を手に、

「ありがとうございます」

「お願いいたします」

などと言いながら頭を下げて回り始めた。

「わずかだけどよ、使ってくれ」

大工姿の男が、銭を数枚金之助の持つ籠に放り入れた。

すると、私も俺もと、僅《わず》かずつだが、籠に銭を入れてくれる。

「たいしたもんじゃねえか、恩を忘れねえなんて感心だ」

などと人々は口々に言い、やがて人垣が解けると、

「あっ、貞次郎さま」

お京と金之助と佐助が走り寄って来た。

「お前たちは、あれからずっと諦めずにやってたのか」

呆《あき》れて貞次郎は訊《き》く。

「はい、正月の間は、あちらこちらの神社や寺に出向き、芝居を打って、なみだ銭を集めました」

「塵《ちり》も積もれば山となるってね。貞次郎の旦那《だんな》、もう四両も集まりましたよ」

佐助は胸を張った。

「そうか、お京の口上に皆胸打たれているようだったぞ」

貞次郎は笑った。三人の根性には驚き、そして嬉しかった。

「貞次郎さまに叱られて目が覚めたんだ。考えてみれば、人の懐《ふところ》を狙《ねら》ってつくったお金など持って行ったら、和尚さんに叱られるに決まっている」

お京も嬉々《きき》として言う。今年で十六歳になるお京は、もうすっかり大人の女の体つきだが、まだ心根は少女のようだ。

「よし、俺も少しだが……」

貞次郎は財布から一朱金を出して籠に入れた。

「そうだ、お京ちゃん、あの話……」

その時佐助がお京を促した。

お京は頷《うなず》き、真顔で言った。

「旦那、旦那は鐘つき堂に『たずねびと』の帳面があるのを御存じですか」

「いや、知らない。鐘つき堂には行ったんだが……」

首を横に振る。

「鐘つき堂には爺《じい》さんがいてね。その爺さんは浅草寺境内の掃除をして暮らしているんだけど、鐘つき堂が爺さんの休憩場所になっているらしいんです。で、その爺さん、『たずねびと』の帳面を持ち歩いていて、爺さんに四文だったか銭を渡せば、それに記帳させて貰《もら》えるらしいんです。帳面を見せて貰う場合も四文払わなくちゃならないんだけど、その帳面のお蔭で、巡り合えたって人もいるらしいから、一度爺さんに会ってみたらどうかと思って……」

お京は貞次郎から人捜しをしている事を聞いてから、ずっと気にかけていたのである。

「お京、ありがとう」

貞次郎は踵を返した。

その背に、お京が早口に告げた。

「朝と昼と八ツには、爺さん必ず鐘つき堂で一服するらしいから」

その時だった。八ツの鐘が鳴りはじめた。

貞次郎は急いで鐘つき堂に向かった。

果たして、鐘つき堂前の階段に到着した時、初老の男が腰を据えて煙草《たばこ》を吸っているのが見えた。

――あの爺さん……。

既に坊さんは鐘を突き終えていて、爺さんの他には人は誰も見えない。

貞次郎は階段を駆け上った。

「たずねびとの爺さんか」

初老の瘦《や》せた男に近づいて尋ねると、爺さんはそうだと頷いた。

爺さんの側には、大きな背負い籠と、ごみ拾いの大きな竹挟《たけばさみ》が置いてある。

そして爺さんの首には、半紙を綴《つづ》った帳面がぶら下がっていた。

「すまぬがその帳面に記帳させてくれ。人を探しているのだ」

貞次郎は四文出して爺さんの掌《てのひら》に載せた。

爺さんはじろりと貞次郎を見上げたが、すぐに帳面を首からおろして渡してくれた。

「うむ……」

貞次郎は帳面を捲《めく》ると、

弥生という人を探している　米沢町おたふく長屋　松江貞次郎

と書き込んで筆を爺さんに返した。

「うっ」

爺さんがそれを見て目を丸くした。

「爺さん、何か心当たりでもあるのか」

驚いて訊く貞次郎に、爺さんは大きく首を振ると、手を差し出した。もう四文くれたら教えてやると言うことらしい。

貞次郎は爺さんの掌《てのひら》に、もう一度四文載せた。すると爺さんは籠の中からもう一冊の帳面を出し、これを見てみろ、と突き出してきた。

貞次郎は慌てて手に取って帳面を捲った。中ほどまで捲った時だった。

「！……」

貞次郎は目を疑った。

なんとそこには、弥生の筆跡で、

松江貞次郎さまを探しています　彩花亭　弥生

とあったのだ。

「爺さん、この人がここに記帳したのは何時《いつ》のことだ……」

「去年の夏だったかな……」

爺さんは、もう一服つけた煙草を吸いきると、灰を払い落としてそう言った。

貞次郎は浅草寺を走り出た。

大川を渡れば向嶋《むこうじま》だ。彩花亭というのは向嶋にある有名な料亭だというのは、人から聞いて知っていた。

半刻ほどのちに、貞次郎は向嶋の料亭、彩花亭に到着した。

「こちらに弥生という女《ひと》がいるか……」

庭の石畳に水を打っている女中に訊いた。

「弥生さまは、しばらくお休みしています。お体の具合がよくないのです」

「何……」

貞次郎は女中に、俺は弥生が探していた者だと告げ、会いたいのだと伝えると、

「お待ちください」

店の中に消え、女将《おかみ》に許可を貰って出て来、弥生の住処《すみか》を教えてくれた。

弥生は水戸の下屋敷の南、源兵衛橋を渡った中之郷瓦町《なかのごうかわらまち》に、彩花亭が借り受けた家に住んでいるという。

「ひとつ聞いておきたいのだが、弥生どのは、こちらで何をしているのだ……」

不審が頭を過《よぎ》った。

「はい、うちは上客ばかりでございます。そういうお客様には、お茶室にてお抹茶を召し上がっていただく場合がございます。弥生さまは、大切なお客さまにお茶を点《た》てております」

と女中は言った。

貞次郎はほっとした。

今日の昼前には、浅草寺で雪を被《かぶ》った藪椿を見つけて、弥生の姿を思い出し

たところであった。

心が急《せ》くまま中之郷に向かうと、彩花亭の女中が言っていた借家が見えてきた。源森川《げんもりがわ》に沿った河岸《かし》通りにあり、家屋の大きさは裏長屋二軒分ぐらいだろうか、屋根は板葺だった。

「ごめん」

貞次郎は軒下の玄関になっている戸の前でおとないを告げた。

しんとしていた。だが少し間を置いて人影が土間に出て来たのが分かった。

「お待ちください」

娘の声がして戸が開いた。青と赤の縞《しま》木綿に、黒繻子《くろじゅす》の帯を締めた日に焼けた小娘が顔を出した。

「それがしは松江貞次郎と申す者。こちらに弥生どのが住んでいると聞いてきたのだが……」

「松江さま！」

小娘は小さな驚きの声を上げると、板の間に飛び上がって奥の座敷に入った。

そして、

「どうぞ、おあがり下さいませ。弥生さまはご病気です。松江さまにお会いしたい、お会いして死にたいとおっしゃって……」

皆まで聞かずに、貞次郎は家の中に上がった。

腰から刀を引き抜いて、奥の座敷の戸を開けた。

「！……」

頬のこけた弥生の白い顔が目に入った。

「貞次郎さま……」

弥生の目からまたたくまに涙が溢《あふ》れてくる。眼窩《がんか》のくぼみが弥生の病気を物がたっている。

「いったい、どうしたというのだ」

歩み寄って腰を落とし、起き上がろうとする弥生を制した。

「ようやくお会いできました。貞次郎さまにお会いするまでは国元に帰るまいと決めておりました。でも、どこにお住いになっているのかあてのない話でした。それで彩花亭にお世話になりながら、ずっとお探ししておりました」

「無茶なことをする」

じっと見詰める。

「貞次郎さま、五年前のあの日のこと、どうかお許し下さいませ。夫に言われるままに文を差し上げて屋敷にお誘いいたしました」

「もういいんだ、過ぎたことだ」

「いいえ、私の中ではまだ終わってはおりません。せめて貞次郎さまに真相をお伝えして、お詫《わ》びを申し上げなければ、私の罪は消えません」

弥生は力を振り絞って起き上がろうとする。急いで弥生の背後に、先ほどの下女が廻って支えた。

「弥生どの……」

「後で分かったことでしたが、神崎は、夫は貞次郎さまを最初から姦計をもって言いなりにさせようと考えていたようです。そのために私を使って屋敷に呼び寄せ、わざと自分は下城が遅くなったように装《よそお》い、いざという時には不義だのなんのと並べ立てて、貞次郎さまを説き伏せるつもりだったようでございます……」

「……」

貞次郎の推していた通りだった。

弥生の話では、神崎一之進は杉浦中老から、密使殺害を実行するよう命じられた。

密使は江戸家老から国もとの町奉行、津田源左衛門のもとに遣わされたものらしく、既に江戸を出立したらしいという報せがあったのだ。

風雲急を告げる派閥の動きか……と杉浦中老は焦った。

どちらの派閥の結束を崩すか、それが命題となっていた時期で、杉浦中老の片腕だった神崎一之進も、貞次郎を使って敵一派の結束に風穴をあけることに自分の立身を賭けていた。

ただ一之進は、自らがその汚れ役に任じるつもりはなかったのだ。目をつけたのが貞次郎だったのだ。貞次郎にはいざとなれば、不義という脅しが通ずるという計算があった。

だが、貞次郎に断られたばかりか、手首まで斬られるという惨《みじ》めな結果に終わった。

窮地に陥った一之進は、田口源蔵を使って密使殺害を企てたが、これも失敗に終わったのだった。

「夫の、神崎の意を受けて、貞次郎さまに文を差し上げたばかりに、貞次郎さまの一生を台無しにいたしました。私は、それをお詫びしたくて……」

弥生は突然、激しい咳《せき》をしはじめた。

「弥生どの！」

貞次郎は思わず弥生の背を撫《な》でる。そして、

「医者を呼んできてくれ」

と下女に言ったが、

「いいのです」

弥生は止めた。

「俺のことはもういいのだ。それより、藩邸に庇護を求めた方が良い。一之進どのも参勤で参っているようだ」

咳がおちついた弥生に告げるが、弥生は弱々しく首を振って否定し、

「私は、願わくば貞次郎さまに見守られて、この世を去りたく思います」

力のない目が貞次郎を見詰めた。

貞次郎は、弥生の手を握りしめた。それに応えて、か細い弥生の手が握り返してきた。

「弥生どの……」

貞次郎は弥生を抱きかかえた。

もう下女は眼中にはなかった。骨々しい弥生の体を自身の胸でしっかりと受けとめると、静かに弥生を横たえた。

五

「これは、見事でございますな。葉脈や根の一本一本まで丁寧に書き込まれています」

神田の本屋、大津屋彦兵衛は、貞次郎が持ち込んだ草花の絵を、虫眼鏡まで出して来て詳細に見、感心した顔で言った。

「何、退屈しのぎに、近隣の野山にある草花を書き留めた物だ」

「大したものですよ、これは……本草学の先生が写生されたものと甲乙つけがたい。一般の人が眺めても楽しい」

「主《あるじ》、これを買って貰えぬか。一冊の本にならぬか」

「他にもあるのですね。一体何枚お書きになりましたか」

「百枚、いや百五十枚はあると思うが……実は急に金が入り用になった。売るつもりはなかったが金がほしいのだ」

「ふーむ」

大津屋は即座に応えず、もう一度虫眼鏡で一枚一枚草花の絵を見て行く。その時間の長いこと。

——金が欲しいなどと、足元を見られたか……。

気持が焦《あせ》るあまり、つい金の話をした事を悔やんでいると、大津屋は大きく息をして貞次郎をひたと見た。

「気に入りました。他の画も拝見した上で話し合いましょう。まずはお書きになったものを全てお持ちくださいませ」

「かたじけない。では本日中に参る」

貞次郎は踵を返した。

武蔵野《むさしの》に生育する植物の絵は、ほんの道楽、浪人の暇つぶしで、絵を描くことで胸にある怒りをおさめて来たのだが、それが弥生の治療に役立つと分かって嬉《うれ》しかった。

昨日弥生の家を辞した時、下女から聞いた弥生の病態は深刻なものだった。

「労咳《ろうがい》でございます。これまでにも血を吐いております。お医者さまも、このままではもう長くはないかもしれないなどとおっしゃって……それでも弥生さまは、ずっと松江さまに謝りたいとおっしゃって、旦那さまのもとには恐ろしくて戻れない。そうもおっしゃっておりました」

下女の言葉は、貞次郎の胸を抉《えぐ》った。

自身の不運を思い起こした時、弥生が俺を貶《おとし》める一役を担っていたのではないか、という疑心もあったのだ。だが弥生は、知らぬことだったとはいえ、夫の命に従って貞次郎を貶めたことを、身命を賭《と》して謝ろうとしていたのだ。

長屋の木戸をくぐった貞次郎は、家の前でうろうろしている真吾に気づいた。

「真吾……」

「すまんな、お役目があったのではないか」

貞次郎は近づいて行った。

今日の昼前、貞次郎は高野藩の上屋敷に真吾を訪ねている。だが真吾は留守だったのだ。

「いや、もう終わった。納戸掛《なんどがかり》とはいえ新米だから、先輩諸氏のやる事に従っているだけですから。それより、何の用でしたか」

「弥生どのが見つかった」

「どこにいたのです？」

真吾は驚いて訊いた。

「本所の中之郷瓦町の借家だ。だが重い病に侵されていた。一之進の所には帰りたくないと言っているが、せめて実家の戸田家に報せてやれないものかと思ったのだ。国元に帰れるかどうかは医者に訊いてみなければ分からぬが……」

「分かりました。飛脚に頼んでみます。五日ごとに国元にむけて出立していますから」

では早速と、真吾は家の中に入らずに帰って行った。

貞次郎は真吾を見送ると、保管している植物の絵を出して一枚一枚選択していく。大津屋を納得させることの出来る絵を持参しなければ金にはならない。

我ながら良くこれほど描けたものだと、折々の心境を思い出しながら一刻ほどかけてようやく選び終わったその時だった。

「だ、旦那、大変です。一緒に深川まで行っていただけませんか」

佐助が飛び込んで来たのだ。

「どうしたのだ」

立ち上がって土間に出ると、

「和尚《おしよう》が殺されちまったんですよ」

「何、何時のことだ」

「今日です。お京とあっしと金之助と、集まった金を持って和尚を訪ねて行ったんです。そしたら、庭で殺されていたんです。まだ体が温かくて……とにかく旦那に来ていただきたいと思いやしてね」

「よし、行こう」

貞次郎は刀を摑《つか》んで外に走り出た。

「旦那、待って下さいよう」

佐助は、ぜいぜい言いながらついてくる。

「お前は後から来い！」

貞次郎は新大橋で佐助に言い、海禅寺に急いだ。

「貞次郎さま」

庵《いおり》の庭に走りこむと、お京が涙で腫《は》れた目で迎えた。

十日ほど前に焚火《たきび》をし焼き芋を馳走《ちそう》してくれた辺りには、おびただしい血が流れていた。

愚円は座敷に寝かされ、枕《まくら》もとに海禅寺の坊さんと金之助が座っていた。

貞次郎は愚円の顔を眺めた。血の気のない顔が眠っていた。首には包帯が巻かれていたが、その包帯も血で染まっていた。

「何があったのだ、お京」

貞次郎は愚円に手を合わせてから聞いた。

「愚円さんは敵持ちだったようです。どうやらその者に斬《き》り殺されたようでございます」

そう言ったのは海禅寺の坊さんだった。

貞次郎は静かに頷いた。

愚円は無腰だった。愚円を敵と狙う男が庵の庭に入って来た時、愚円は迎え討つことはしなかったのだ。そこらに転がっている竹の小枝を獲物に出来たのに、それもしなかったに違いない。

——愚円は討たれてやったのだ……。

愚円の表情は、そう告げている。愚円は甘んじて討たれてやったのだ。

しかしそうであっても、無腰の老僧に刀で斬りつけた相手の男に、正義はあるのかと怒りさえ覚える。

「せっかく屋根の修理をするお金が集まったというのに……」

お京は悔しげに呟《つぶや》いた。

「手厚く葬《ほうむ》ってやろう。その金で存分に見送ってやるのだ」

貞次郎は和尚の顔に語り掛けるように言った。

「五両でございますね、頂戴《ちょうだい》いたします」

神田の薬種問屋の番頭は、貞次郎が差し出した五両と引き換えに、半紙に載せた高麗人参《こうらいにんじん》六年根の塊を差し出した。

塊といっても一本の五分の一にも満たない物だ。それでも普段のつきあいがあるから、五両で譲ってくれたのだった。

「かたじけない」

貞次郎はそれを懐に薬種問屋を出た。

五両の金は、書き溜《た》めた絵を大津屋に売って得た金だ。売れ行きがよければ今少し色をつけると言ってくれたが、それを待ってはいられない。

本当なら昨日大津屋に出向くつもりだったのだ。それが、愚円の弔いで一日遅れてしまっている。

心を急《せ》かしながら中之郷瓦町の弥生の住まいに向かうと、

「松江さま……」

下女が深刻な顔で出迎え、奥をちらりと目で指した。

三和土《たたき》には雪駄《せった》がある。

「医者が来ておるのか？」

「はい、また血を吐きました。それで来ていただきました」

貞次郎はすぐに弥生の部屋に入った。

老年の医者が脈をとっていた。弥生は青い顔で眠っている。

「お身内の方かな」

医者が訊いた。

「同じ国の者です。高麗人参を持って参った」

貞次郎は医者の前に求めて来た人参を置いた。

医者は頷くと、貞次郎を玄関近くの板の間に誘《いざな》った。

「人参はいい。元気がでるでしょう。わしが脈をとるより余程良い。すぐに煎《せん》じて飲ませてやりなされ」

「ひとつお聞きしたいのだが、弥生どのには国元に家族がいる。家族の元に送り届けることは可能か？」

「無理ですな、播磨《はりま》は江戸から百五十里以上。健康な者の足でも、十七、八日はかかる。あの体では耐えられぬ」

「……」

「気の毒だが遅きに失した。ここで手を尽くしてやることだ」

「……」

貞次郎は愕然《がくぜん》とした。だがその時、

「ただ……」

医者が思い起こすような顔で言った。

「ただ、何です……」

貞次郎は急きこんで訊く。

「病というのは、医者の理解をこえて悪くなることもあれば、奇跡的に良くなることもある」

「先生……」

「わしはそういう人を何人も見てきておる」

医者は貞次郎に頷いてみせた。貞次郎は医者に深く頭を下げた。

――このままでは……。

弥生の人生があまりにも哀れではないか。

医者を見送り、台所で人参を煎じながら貞次郎は考える。――何としても助ける。俺の命にかえても……。

間もなくだった。外の七輪で粥《かゆ》を作っていた下女が、青い顔をして飛び込んで来た。

「ま、松江さま。怖い顔をしたお侍が……」

貞次郎は刀を摑んで外に出た。

「神崎、一之進……」

一之進は三人の男を連れていた。二人は一之進の配下の者と思われる。

「やはりお前か、お前が弥生をそそのかしたのか」

一之進のこめかみに、青い筋が膨れ上がった。

「まさか、弥生どのがこの家で臥《ふ》せっていると知ったのは、つい先日のことだ」

「嘘《うそ》をつけ。おい、聞いたか？」

一之進は両脇の二人に言い、

「こ奴《やつ》は臆面《おくめん》もなく嘘をつく卑怯《ひきよう》な男だ。五年前にも屋敷に忍び込み、弥生を手籠《てご》めにしようとしたのだ」

「おぬしが来いと呼んだのではなかったのか。そこで人を殺してくれと言ったのだったな。だが俺は断った。するとおぬしは俺を斬り殺そうとしたのだ。あの一件で俺は国を捨てなければならなかった。弥生どのも……弥生どのも、自分が悪に加担したと知って苦しんできたのだ。弥生どのの人生を狂わせたのは、おぬしだ。良心があるのなら、せめて弥生どのに詫びを入れろ」

応戦しているうちに、貞次郎の胸に、ふつふつと怒りが湧《わ》いて来た。

その脳裏には、昨日殺された愚円の姿が蘇《よみがえ》っていた。詳しい理由は分からぬが、愚円も国を捨てて流浪の身になった事を悔いていたに違いない。

――俺もこの男のために……。

貞次郎は険しい目で一之進を睨《にら》んだ。

「こしゃくな。斬れ、こやつを斬れ！」

両脇の男に叫んだ。

二人は迷いを顔に残しながら刀を抜いた。

「止《よ》せ。刀を引け、俺はお前たちを殺したくはない」

貞次郎が言った。二人は怯《ひる》んだ。どうしたものかと互いに顔を見合わせた。

「ええい、役立たずめ」

一之進が刀を抜いた。

「お前をいつか斬り殺す。そう思って生きて来た」

一之進は草履を荒々しく脱ぎ捨てた。

貞次郎も静かに刀を抜いた。

二人は下段に構えたまま、腰を低くして河岸通りに走り出た。

一之進は足場を確かめると、上段の構えで立った。貞次郎は正眼に構えた。息を整えた次の瞬間、一之進が飛び込んで来た。

貞次郎はその剣を真正面から受け止めると、次の瞬間撥《は》ね返した。

「ふん、腕は衰えてないようだな」

じわりと一之進は歩を進めて来る。

貞次郎がひとつ横に動いた瞬間、再び一之進が打って来た。

「うむ」

貞次郎はその剣を撥ね返すと同時に、一之進の足元を薙《な》いだ。

一之進は飛び上がって貞次郎の剣を避けた。だが貞次郎の次の一撃で、一之進は着地に失敗、たたらを踏んで膝を地に着けた。

立ち上がろうとするその首元に、貞次郎の剣が伸びて来た。

「！……」

愕然として腰を落とした一之進に、貞次郎は峰を返して刀を振り上げた。一撃を打たねば腹の虫はおさまらぬ。だが、

「待って、待って下さい、松江さま！」

真吾が走って来た。真吾は馬に乗った侍を連れて来た。

「目付の佐多《さた》さまです。神崎どの、あなたの悪の証拠は動かないものとなりました。杉浦中老さまの時代とは違いますよ」

真吾が重々しい声で言った。

「その二人、神崎の刀を取り上げろ。藩邸まで連れて帰るぞ。手を貸すのじゃ」

目付に連れられて帰って行く一之進を見送った貞次郎に、真吾は告げた。

「目付に松江さまの無罪を願い出たのは、弥生どのです」

「何……」

「むろん、その後も当時の調べは続いていて、全貌《ぜんぼう》が少しずつ分かって来ていたようです。いろいろと殺し合いはあったようですからね。そこに弥生どのが

申し出て、松江さまの一件が明白になったということです。弥生どのは、自身の病を知り、松江さまにも会えない、それで嘆願書を提出しようと考えたに違いありません」

「そうか……」

それで一之進のもとには帰れなくなったのか。仮にも夫を訴えるような結果になったのだ。

「弥生どのは、元気な体にして国に帰してやるつもりだ」

貞次郎は自分に言い聞かせるように真吾に言った。

すると真吾が笑って言った。

「お京さんて娘がね、長屋を私が訪ねた時に言ってましたよ。弥生さまって方はご病気でお気の毒だけど、羨《うらや》ましいって」

その時だった。雪が落ちて来た。

二人の上に、河岸地に、そして弥生が臥せる借家にも、柔らかな雪が落ちている。

貞次郎と真吾は、しばらく雪に目を奪われていた。

雪の向こうに、貞次郎は春を見ていた。

梅ばい香か餅もち

一

「まぁた喧嘩《けんか》してきたんだね」

おみさは、振り向いて言った。

よしず張りの店の軒下に、顔を泥だらけにして頬に血を滲《にじ》ませている倅《せがれ》の新《しん》吉《きち》が、走って帰って来たのだった。

おみさは、大きくため息をつくと、まじまじと新吉の顔を眺めた。

——この忙しい時に……。

という気持ちが、おみさの顔には表れている。

なにしろおみさは、ここ湯島天満宮で『梅香餅《ばいかもち》』という花びらを模した餅菓子を販売して、女手ひとつで倅を育ててきたのである。商売あってこそ母子《おやこ》の暮らしが成り立っている。

いつもはこのよしず張りの店にも、おまちという娘が手伝いに来てくれているのだが、今日は休んでいた。

おみさは、猫の手も借りたいほどの思いで店の棚に餅を並べていたところだったのだ。

梅香餅は花びらを模している部分が柔らかくて、少し乱暴に扱うと形が崩れてしまって売り物にならない。手先指先まで神経を張り詰めて作業しなければならないのに、泥まみれの倅が帰ってきたものだから、少々おみさの声には新吉を咎《とが》める厳しい色が含まれていた。

新吉は、そんな母親を睨《にら》んだ。口を堅く閉じ、手は拳《こぶし》を作って、強い反発の意志を滲ませている。

胸に一物あるような、新吉のそんな形相は、今年五歳になったばかりの子どもとは思えない。

「しょうがない子だね、いったい誰にやられたんだい……誰なの、相手は？」

おみさは、袂《たもと》から手巾《しゅきん》を取り出した。近くに置いてある手洗いの金盥《かなだらい》の水にそれを浸し、新吉の側《そば》に寄って腰を落とすと、新吉の細い肩を摑《つか》んだ。

そして、濡《ぬ》らした手巾で新吉の頰を拭《ふ》こうとした。

「いいよ！」

新吉は、邪険におみさの手を払った。

「何するの、この子は！」

おみさは、手を止めて新吉を睨んだ。

「おいらが、おいらがこんな目に遭うのは、おっかさんのせいだぞ！」

新吉は、喉《のど》ちんこを見せて声を張り上げた。

「これ……」

おみさは、往来する参拝客に視線を流して、大声を出した新吉を諫《いさ》めると、新吉をまっすぐ見て言った。

「どこがおっかさんのせいだって言うの。おっかさんは、人に後ろ指を指されるようなことは、これっぽっちもしていないよ」

「ててなし子を産んだじゃねえか」

新吉はふて腐れて言った。

「ててなし子だって……」

幼い新吉の口から吐き出された言葉は、あまりにも生々しくて、おみさはたじろいだ。

「おいらの事だよ。おいらは、ててなし子だってからかわれているんだ」

新吉の声には悔しさが溢《あふ》れている。声は震えて、今にも泣きだしそうである。

「新吉、そんなことでおまえ……」

「みだらな女の腹の子だって……みだらな女って、良くない女のことじゃないのか……」

新吉は、ついにひくひくと泣き出した。堪《こら》えていたものが一度に噴出したようだった。

「新吉……」

おみさは、泥まみれの新吉の顔を胸に抱いた。

その胸で新吉は、しゃくりあげながら訴える。

「おっかさん、おっかさんがみだらな女じゃねえっていうのなら、おいらのおとっつぁんが、どこにいるのか教えておくれよ。おとっつぁんはいるんだろ……おとっつぁんに会いたいよ」

「新吉……」

おみさは、新吉を自分の胸から剝《は》がして、その眼を覗《のぞ》き込んだ。

「ごめんよ、辛《つら》い思いをさせて……でもね、おとっつぁんには会えないんだよ、お前がおっかさんの腹にいる時に死んじまったからね、どうしようもないんだよ。でもこれだけは言っとくよ。おっかさんがみだらだなんて当たらないよ。おっかさんとおとっつぁんは所帯を持つことにしていたんだから……人が何て言おうが、お前は堂々としてればいいんだよ。おとっつぁんとおっかさんの愛情を受けた、歴《れっき》としたお宝なんだからね」

新吉は、俯《うつむ》いて考えていたが、涙を手の甲でぐいと拭くと、くりくりした黒い目でおみさを見て言った。

「おとっつぁんて、どんな人だったんだい……」

「そうね」

おみさは、一呼吸置いて言った。

「男ぶりのいい、人情の厚い人だった……」

「悪い人じゃないんだね」

「当たり前じゃないか」

「分かった。だったら今度周《しゅう》ちゃんに言われたら、そう言い返すよ」

「周ちゃんだって……お前をいじめているのは、周ちゃんなんだね」

おみさは念を押す。

周ちゃんというのは、同じ長屋に住む大工の出職、松吉《まつきち》とおつねの伜のことだ。名を周助《しゅうすけ》と言って新吉より三つ年上、体格が良く、子供たちの間ではガキ大将で通っている。

その周助が、自分たち親子を侮蔑《ぶべつ》した言葉を吐くなんて、思ってもみなかった。

——子供の口をついて出る言葉は、親の受け売りだ。子供の言動には親の心が映されている筈《はず》……。

原因はおつねだと、おみさは周助の母親の顔を浮かべた。おつねとは懇意にしてきただけに意外だった。

怒りを覚えたが、以前からおつねには、おみさの暮らしをやっかむところがあったと思い当たった。

亭主の松吉は大酒のみで働きが悪く、年中金が無いとおみさに愚痴をぶつけている。

ところが一方では、てなし子を産んだ女が、小さいよしず張りの店とはいえ、堂々の商いをして暮らしている。すくなくとも家族そろった自分の家よりは金に困っていないらしい。

そのことが、おつねには面白くないに違いないのだ。

だからおみさの知らないところで、倅に余計なことを吹き込んで、それが新吉いじめになったのではないか。

——卑怯《ひきょう》な女……。

おみさは腹が立ったが、

「新吉、周ちゃんは、もうすぐ奉公に出るって聞いてるから、いつまでもお前にいじわるなんかできっこない、安心しな。それより、しっかり文字の読み書きを覚えて、立派な商人《あきんど》になるんだよ。人の値打ちは、父親がいるとかいないとか、そんなことで決まるんじゃないんだからね」

新吉の両肩を摑んで力強く揺さぶった。

とはいえ、おつねには一言釘《くぎ》を刺しておかなきゃ、とおみさは炬燵《こたつ》の中で眠ってしまった新吉の寝顔を見て思った。

このまま黙っているのは、相手の言動を認めることに他ならない。疑念が起きた時には率直に訊《き》き、誤解が生まれると思った時には素直に心中を吐露して、相手のわだかまりを解いてきたおみさである。

その信条が店を繁盛《はんじょう》させ、暮らしを支えて来た。

世の中には、女は黙っていればいい、男にも世間にも一歩下がってつつましやかに生きればいいなどという者もいるが、女手ひとつで子供を育てているおみさには、そんな法則は通用しない。

良いことは良い、悪いことは悪いと、自分の意志をはっきり伝えなければ、すぐに世間の荒波の中にもまれて沈んでしまうのだ。

おみさは、一人で子供を育てると決心した時から、自分は母親であり父親でなければならないのだと誓ってきた。

この長屋には、両親の代から住み着いていて、おみさもここで大きくなった。

だが母が亡《な》くなり父が亡くなって一人になってみると、ただ泣いていたって暮らせない。誰も助けてはくれないのだ。

強い気持ちで、人に侮《あなど》られないようにしなければならないと、心を引き締めてきたおみさである。

先に母親が亡くなった時には涙を流した覚えはあるが、父親が亡くなった時には涙を見せることはなかった。いや、流れなかったのだ。大きな腹をかかえて、これから一人で乗り越えなければならない幾多の苦難を考えると、不安と緊張でいっぱいだったのだ。

ただ一度、この数年間で涙したのは、父親を見送ってまもなく生まれた新吉を懐《ふところ》に抱いた時だった。

これからは、たった一人血の繋《つな》がった、この小さな命を支えに生きていこう……自分の命に代えても立派に育てていこう……そう決意した途端、やるせない思いで涙がこぼれ落ちたのだった。

あれから五年、おみさは一度も涙を流していない。

――それもこれも……。

おみさは鉄瓶の湯を湯《ゆ》呑茶碗《のみぢやわん》に注ぐと、それを持って炬燵に足を入れた。冷えた体が足元から温まってくる。

それもこれも、あの人への未練かもしれない、とおみさは思った。あの人をずっと想《おも》い続けているからこそ、いつか立派に育った新吉を見せてやりたいと願っているのだ。

おみさは、一口湯をすって思いにふけった。

新吉の父親、名を新次郎《しんじろう》という男に会ったのは、おみさが十八歳になった二月の十六日のこと、まだおみさの父親益蔵《ますぞう》も健在で、湯島天満宮の店は父親がきりもりしていた時だった。

毎月十六日、湯島の天満宮では富くじが行われているのだが、新次郎は富くじ目当てにやってきた客だった。

当日境内は大変な人の群れで、女坂の降り口から連なっている幾多の茶屋は満杯となり、あふれた客は、おみさの店にもひっきりなしに立ち寄って餅を食べるという盛況ぶりだった。

丁度境内の白梅紅梅も花の盛りを過ぎた頃で、風が吹くと花弁が境内に舞った。

おみさは時々手を止めて、花弁の舞うのに目を奪われていた。ちりちりひらひらと舞う様はなぜか胸を締め付ける。

新次郎は、その時いきなり店の横手から現れたのだった。花弁の舞に気をとられて、おみさは人の近づくのに気付かなかったのだ。

「餅はもらえるのだろうな」

新次郎は、白い歯をみせて言った。

「はい」

おみさは愛想良く返事をしたが、新次郎の顔を見てくすりと笑った。新次郎は怪訝《けげん》な顔をしてみせた。

「頭に……梅の花びらが……」

おみさは髷《まげ》を指した。新次郎は、きょとんとしている。

おみさは、ついと手を伸ばして花びらをつまみ、新次郎に見せてやった。

「ふふ、粋《いき》な野郎だな」

新次郎は手に取ると、愛《いと》おしげに見入ってから、白い、長い人差し指でプイと弾《はじ》き落とした。

おみさはまた笑った。新次郎も照れくさそうに笑い返した。

この時おみさは、体を光が突き抜けたように感じた。

新次郎が富くじの日に必ず立ち寄るようになったのは、それからだ。一見若《わか》旦那《だんな》のような雰囲気を持ちながらも、どこか世の中を斜めに見ているようなところも、おみさには魅力だった。

おみさが、新次郎に思いを寄せていることに気づくのに時間はかからなかった。だが、

「富くじに毎月通って来るような男はろくなもんじゃねえ。遊び人に決まってる。おみさ、あの男にかかわるんじゃねえぞ」

益蔵はおみさに釘を刺した。

確かに新次郎には、内面に荒《すさ》んだところが見えなくもなかった。だが、

「両国の『萩屋《はぎや》』という料理屋で、板前の修業をしているんだ」

と言った新次郎の言葉を、おみさは信じた。父親に釘を刺されようと、おみさは、

「こりゃあうめえや……」

梅香餅を一口食べた時にみせる笑顔と、人懐《ひとなつ》っこい目に心を奪われていた。

新次郎が月の十六日に店に顔を出すようになって半年が過ぎたある朝のこと、益蔵が敷居に蹴躓《けつまず》いて転んだ。

商いの餅を背負って出かけようとしたところだった。幸い餅に支障はなかったが、益蔵は立ち上がることが出来なかった。足も手もずいぶん前からしびれていたようだが、おみさに心配かけまいとして知らせていなかったのだ。

益蔵の病は、江戸で流行《はやり》の脚気《かっけ》に違いなかった。

心配するなという益蔵をおみさは寝かせて、一人で湯島の天満宮に向かった。いつもは多くて二百個ばかりを販売するのだが、富くじのある日は四百個は作る。餅は生もの、その日に売りさばくというのが鉄則だった。

――売り切れるだろうか。

おみさには不安があった。一人で店に立ってみると心細さが先に立った。

だがその日、餅を買いに来て事情を知った新次郎は、

「だったら俺が手伝ってやる」

そう言って、客を呼び込み、四百の餅をあっと言う間に売りつくしてくれた。

しかも新次郎は、おみさたちが住む同朋町《どうぼうちょう》の長屋に足を運んでくれて、脚気の治療では第一人者だと評判の米沢町《よねざわちょう》の医者の所に、町駕籠《かご》を呼んできて益蔵を連れて行ってくれたのだった。

その後も暇を見つけては、益蔵に代わって、餡練《あんね》りや求肥《ぎゅうひ》（餅の皮）作りを手伝ってくれたりと労を惜しまず尽くしてくれた。

餡の中に梅干しの皮と身をすりつぶして入れ梅の香りをつけるという絶妙な味加減、透き通るようによく練れた求肥の柔らかさ、新次郎の手は、確かに両国の萩屋で修業する板前のものに違いなかったのだ。

「てえしたもんだぜ」

思いがけない助《すけ》っ人《と》に、益蔵は喜んだ。新次郎への偏見も消え、おみさと仲よく餅づくりをしているのを、目を細めて眺めていた。

二人は、間を置かずして、不忍池《しのばずのいけ》を眺める池之端《いけのはた》の忍びの宿で、互いの体を求め合うようになった。

それが二度になり三度になり、身も心も新次郎から離れられなくなった頃、

「一緒になろう。親父《おやじ》さんには俺が話す」

おみさの骨が砕けるほどに抱きしめて、新次郎は熱に浮かされたように言った。

だが、その新次郎が突然江戸から消えたのだ。

益蔵の同意も得、腹に子ができていると分かった直後のことである。

おみさは、両国の萩屋に新次郎を訪ねたが、番頭も行く先は知らないと言った。

「突然のことでしたな。あわただしく店を辞めたんです。どうしても消息を知りたいのなら、八王子に行ってみるのもいいかもしれませんな」

番頭は、新次郎の実家がある八王子の田舎のことを言ったのだった。

「やっぱりそうか……あいつは腕は良かったが、所詮《しょせん》根は腐った男だったんだ。腹の子も可哀想《かわいそう》に……」

益蔵は怒りをあらわにした。だがおみさは、

「何か深い事情があったのよ。あたしは信じる。信じて待つわ、おとっつぁん。だからこの子も産むの。産んで育てる」

押し寄せてくる不安を振り切って、

「強く生きなければ……」

自分に言い聞かせ、銘肝してきたのだ。

しかしそれから五年が過ぎた。おみさもさすがに、新次郎がそのうち帰って来る、会いにきてくれるなどと新吉に言えなくなっている。

「新吉、お前のおとっつぁんは死んだんだ」

倅にそう言い聞かせながら、その言葉は、いつまでも望みを繫いでいる自身への問いかけでもあった。

新吉が、頰に喧嘩の傷の痕《あと》を見せて寝言を言っている。

その手が炬燵布団《ぶとん》を跳ね上げて、むき出しの腕を出した。

おみさは苦笑して、新吉の腕を布団の中に入れようとしたが、ふっとその掌《てのひら》を開いて、

――まだ幼い……。

いたいけな手を見詰めた。

こんなに柔らかい小さな手で、この子は母をかばって喧嘩してきたんだ……。

おみさは、胸を突き上げてくるものを必死でこらえた。

二

「しかし、梅は花の咲かぬ歳《とし》はないと言いますな。その梅にあやかって、おみささんの店も大繁盛だ」

大家の弥兵衛《やへえ》は、赤い毛氈《もうせん》を掛けた床几《しょうぎ》に座って、梅香餅をぱくりとやると、客の応対に忙しいおみさの横顔に言った。

「なんとも奥ゆかしい絶妙な味ですな。この、ほんのりと匂《にお》ってくる梅の香りはたまりませんな」

大げさに褒めまくる。

客に包みを渡したおみさは、熱いお茶のおかわりを湯呑茶碗に注いでやりながら弥兵衛に言った。

「近頃は新年のお祝いのお茶会になんて買って下さる方がいるんですよ」

「いや、分かりますな。私もお茶のお稽古《けいこ》に通っておりますが、お正月には『花びら餅』というお菓子が出ます。おみささんも知ってると思いますが、その名の通り花びらの形をしておりまして、中にごぼうが入っております。これ

が大変おいしい。季節の限定品ですが、この梅香餅は、花びら餅に負けません
ぞ」
「ありがとうございます。大家さんにそんなに褒めていただいて、亡くなった
おとっつぁんも、きっと喜んでおります」
「いやいや、本当のことを言ったまでです。何、益蔵さんの代より一段と美味《おい》
しくなってますよ」
「あら、おとっつぁんが膨れてますよ」
おみさは空を指してくすくす笑った。弥兵衛も笑った。
父の益蔵が病に倒れて以降、大家の弥兵衛にはいろいろと心を配ってもらっ
ている。
弥兵衛は、新吉がてなし子として生まれたいきさつも、おおよその見当は
ついている筈だった。
「おみささん、今日ここにやって来たのは、ただこの餅を味わうためだけでは
ないんですよ」
大家の弥兵衛は、客の途切れたのを見計らっていたように、湯呑茶碗を盆の

上に置いた。

「なんでしょう……」

おみさは小首を傾《かし》げた。

「新吉坊がいじめられているのを見たんですよ」

「……」

「健気《けなげ》にも新吉坊は、周助たちに何度もつかみかかっていくんですが、すぐに倒されましてな、まあ私が中に入っておさめたんですが」

「それはすみません。あの子は、大家さんに助けてもらったなんて、そんな話はしなかったものですから、お礼もいわずに」

「いえいえそんなことはいいんです。私はね、放っておいちゃあいけないと思ったんですよ。新吉坊に父親さえいれば、あんないじめは起きないと思ったんです」

「弥兵衛さん、新吉の父親は……」

「待っていても帰ってはこないでしょう」

「……」

「おみささん、私も益蔵さんから少し話は聞いております。死ぬ間際《まぎわ》には、おみさの相談相手になってやってくれないかとも言われています。今まで私が何も言わなかったのは、店のことも新吉坊のことも案じるところはなかったからです。でも、父親がいないことで新吉坊は子どもたちに白い目で見られている。ここらへんで過去のことには区切りをつけて、所帯を持ってみたらどうかと思いましてね」

「何をおっしゃるのかと思ったら……」

おみさは笑った。だが弥兵衛は真剣だった。

「いや、実をいうと、半月前からおみささんを名指しで縁談を持ちかけられておりましてな。ですが私も、どうしたものかと考えておりました。ところが新吉坊がいじめられているのをこの眼で見、勧めてみようと思ったわけです」

「弥兵衛さん、有難いお言葉ですが、話の中身を聞く前にお断りします」

おみさは、きっぱりと言った。

「おみささん……」

弥兵衛は苦笑を浮かべると、

「新吉坊の将来を考えないあんたは、自分の意地だけで生きているという事にもなりかねませんぞ」

「そんな……」

「まあ聞きなさい」

弥兵衛は強い口調で、おみさの言葉を押し込めた。

「その相手というのは、あんたも知らない人じゃない。昔長屋に住んでいた清《せい》蔵《ぞう》さん、覚えているでしょう……」

弥兵衛は巾着《きんちゃく》から煙草《たばこ》を取り出し、煙管《きせる》に詰めて一服つけた。

白い煙が、弥兵衛の口から立ち上る。

清蔵というのは同じ長屋育ちで、おみさより三つ年上、母親と二人暮らしだった。ずいぶん前に銚子《ちょうし》の醬油《しょうゆ》屋に奉公に行った人だ。

大人しくて目立たない男の子で、おみさは格別気に留めたこともない人だった。印象に残っているのは、唇の横にあった小さなほくろぐらいだ。

清蔵はそのほくろが気になるのか、友達と頭を寄せ合って本を読んだりしている時には、いつもほくろに手を遣《や》るのが癖だった。

毒にも薬にもならないような男の子だったのに、その清蔵が奉公先では余程重宝されたのか、おみさが十七歳の時に長屋に戻ってきて、病弱だった母親を連れ、再び下総《しもうさ》の銚子に向かったのを覚えている。

だがその後、清蔵の消息を聞いたこともなかったし、思い出すことも無かった。

清蔵は今年で二十八歳になった筈だ。男の二十八歳といえば、まだ若い初婚の女にだって結婚を申し込める。

それをわざわざ、子持ちの女を望んだということは、もしかして後添えの話かもしれないと考えていると、

「清蔵さんは前の結婚に失敗しましてな、ですが子は産まれていなかったようですね。身軽な人です。その清蔵さんがこの江戸で醤油屋を出すというので、今お店を探しているところです。立派になったもんじゃあ、ありませんか」

弥兵衛は、おみさの顔を覗くような目で見た。

「有難い話ですが、やっぱりお断りします」

おみさは、少し考えて断った。倅の新吉がなつくとも思われないし、この店

を畳むことも出来ないと思ったのだ。

「まあ、急いで返事をしなくちゃならないというものではない。一度会ってみて、それでもやっぱりというのであれば断ればいいんです。どうです、一度会ってみては……私が段取りをつけますから」

よっこいしょと、弥兵衛は腰を上げた。

「そうそう」

立ち上がってから、思い出したように言った。

「おみささん、これもあんたにお知らせしておかなくちゃあいけないことですが、三日前のことですよ。八州さまの御用聞きで仙治《せんじ》とかいう人が私のところにやってきましてね、新次郎って男がこの長屋に来てるんじゃないかと訊いてきたんですよ」

「新次郎さんが……」

おみさは、思わず聞き返した。同時に胸の鼓動が突然激しく打ち始めた。

「そうです。新次郎さんです。なんでも八王子の御林《おはやし》に火をつけたとかなんとか言ってましたな」

御林とは、公儀の林のことだ。

「まさかそんな……そんな大それた事をする筈がありません」

弥兵衛は何度も小さく頷《うなず》いた。

「真実は分かりませんが、ただ、おみささんが過去に区切りをつける決心をしない限り、要らざる疑いを掛けられて付きまとわれる。私はそれを案じているのです。清蔵さんと所帯を持てば、昔とはきっぱりと縁を切ったと、八州さまにも言えるでしょう」

「……」

「これからの暮らしを考えるなら今が潮時、そう思いませんか」

弥兵衛はそういうと、巾着をぶらぶらさせながら帰って行った。


暁《あかつき》の七ツ半、おみさは床を抜け出すと竈《かまど》に火を入れて、おますという女を待つ。

おますは、同じ同朋町に住む四十過ぎの行かず後家だ。昔十軒店《じっけんだな》の餅菓子屋を手伝っていたことがあり、その経験を生かして、暁八ツ頃から早朝にかけて作っていた生餡を運んできてくれるのだ。

生餡というのは、豆を水に浸すところから始めて、煮て潰《つぶ》し、漉《こ》してから更にそれを絞ったもので、結構時間が掛かる。

父の益蔵がいた頃には、益蔵が暁八ッに起きて作っていたのだが、益蔵が亡くなってからは、生餡作りはおますに頼むようになった。

おみさの腕のみせどころはこの生餡に砂糖を入れるところから始まる。優しい甘さの中に紫蘇《しそ》で赤く染まった梅干しの皮と身を潰して混ぜ、手加減匙加減《さじかげん》よろしく、餡の色と梅の香、絶妙な味をかもし出すことにある。

おみさが作る梅香餅の餡の美味しさが評判になったのは、板前修業の腕を存分に注いでくれた新次郎のおかげである。新次郎から受けた餡作りを、おみさは時を経ても寸分狂いなく守っているのだ。

餡が出来上がると、今度は餅の皮作りである。

このころになると、長屋のあちらこちらで、人の起きだした気配がある。慌《あわ》ただしく朝の食事にとりかかる女房たちの出す音や、井戸端で房楊枝《ようじ》を使う男たちの声が聞こえてくる。

求肥が出来上がった頃には新吉が起きだして来る。味噌汁《みそしる》と漬物で朝食を終えると、新吉を手習い師匠のところに送り出し、新吉がお昼に帰って来て食べる握り飯を作ったのち、再び餅作りにかかるのだ。

およそ一刻の間に、皮に餡を包み、箱に並べ、売り子のおまちがやって来ると、餅箱を専用の手押し車に乗せて、二人して湯島の天満宮の境内まで運ぶのだった。

店を出すのは朝の四ツの鐘が鳴る頃で、夕方の八ツ半までには売り切る。数は通常は二百個だが、天満宮で行事がある時、或《あるい》は梅の開花の季節などには、四百から五百個を売り切ることもある。

餅一個は五文、竹の皮に包む数は八つで四十文。そこいらの餅は一個四文だから、やや高級だが良く売れる。

いずれ大通りに店を出す。それが父の悲願だったから、おみさもその気持ちで商いに勤《いそ》しんでいる。

だから休みは五のつく日だけと決め、この日以外に一度も店を休んだことは無かったが、今日は違った。

「じゃあ、あとはお願いね」

おみさは店を開いてすぐに、おまちに頼んで天満宮を後にして、昌平橋《しょうへいばし》に向かった。弥兵衛に強く勧められた清蔵に会うためだった。

自分の意地だけで子供の将来の事を忘れているのではないかと言った弥兵衛の言葉は、正直おみさには堪《こた》えていた。

弥兵衛の顔も立てなくてはと、おみさは足を急がせた。三々五々、白梅紅梅の枝を手に人々が往来していく。春はもうそこに来ているのだと、新次郎と別れてからの年数を、また胸の中で指折り数えていた。だが、

「こっち、こっち……」

昌平橋の袂で手を振る背の高い男を見て、立ち止まった。

――あれが清蔵さんか……。

抱いていた昔の面影と繋がらなかった。

子供の頃の清蔵は、無口で大人しいだけの子供だった。だが今橋の袂にいる男は、どこか泰然としていて、体から自信がみなぎっているように見える。

「やあ、久しぶり……ちっともかわってないね、おみさちゃん」

清蔵は懐かしそうな顔で笑った。その口元には小さなほくろがある。あの清蔵に間違いなかった。

おみさは、まじまじと清蔵の顔を見た。ほくろは同じでも、こんなに人は変わるものなのかと驚いたのだ。

「どうしたの。私の顔に何かついている?」

清蔵は屈託のない声で笑った。

「いいえ、ずいぶん立派な人になったんだって思ったから」

「何言ってるんだい。おみさちゃんだって立派じゃないか、大家さんから聞いてるよ。どんなにしっかり者の暮らしをしているかって」

清蔵は、まぶしげにおみさを見た。

「それは褒めすぎよ。子供を育てなきゃならないんだから。子供にひもじい思いはさせられないもの」

「とかいいながら、ずいぶん利益を上げてるらしいじゃないか。きっと近い将来、大通りに店を持つだろうって、これも大家さんが言っていたな」

清蔵は楽しそうに言いながら、筋違御門《すじかいごもん》が見える神田花房町《はなぶさちょう》の『よしの』というしるこ屋の暖簾《のれん》をくぐった。

「二階は空いているね」

清蔵が念を押すと小女は頷いて、二人を二階の小座敷に案内した。

「御膳《ごぜん》しるこ、田舎しるこ、粟餅《あわもち》しるこ、蕎麦《そば》掻《がき》しるこ……おみさちゃんはどれがいい？」

清蔵は、無邪気に矢継ぎ早に訊いてくる。

おみさは、粟餅しるこを、清蔵は御膳しるこを頼んだ。

「子供の時には、こんなもの、滅多に口に入らなかったね」

清蔵はしみじみと言いながらしるこをすすった。

「おっかさんはお元気なの……」

「いいや、長屋に連れに帰った時があっただろ、あの翌年に亡くなったんだ……」

「そう……」

「おみさちゃんの親父さんも亡くなったんだってな」

互いの話をしているうちに、二人は一息に、昔の、あの長屋で暮らしていた頃の年頃に戻っていた。一時期、同じ長屋で暮らしていたというだけで、なぜかほっと一服出来る、そんな気持ちになっていた。

「おみさちゃん……」

清蔵はおみさに呼びかけると、箸《はし》を置いておみさを見た。

「一緒になってくれないか」

「私は子持ちよ」

おみさは、咄嗟《とっさ》に応じた。

「分かってる。そんなことはいいんだ。今だから言うけど、私は長屋に暮らしていた時から、おみさちゃんが好きだったんだ」

「嘘《うそ》ばっかり……」

おみさは睨んでやった。

「本当だよ。でも態度にも口にも出せなかった。あの頃うちは、長屋の中でも格別貧乏だったからね。でも今なら言える。私はこの江戸に店を持つことになったんだ。十軒店にいい出物があってね、来月には大工にも入って貰《もら》って醬油屋らしく少し棚など作ってもらうつもりなんだ。おみさちゃんが一緒にやってくれたら、店もきっと繁盛するよ」

「でも……」

ふっと梅香餅のことが頭を過《よぎ》る。

「少し考えさせてくれるかしら、お店のことだってあるし、息子のことだってある」

「もちろん待ってるよ、いくらでも待つ。ただし、いい返事を貰いたいんだ」

清蔵の眼には、それまでにない真剣さが籠《こも》っている。

おみさは、どきりとして思わず視線を外した。

「おみさちゃん……」

熱いものに染まった目で、清蔵は呼びかけた。

三

「新吉！」

おみさは、長屋の木戸をくぐったところで、新吉が見知らぬ男に何か問い詰められているのを見て、大声で呼びかけた。

新吉が振り向いたが、その顔は、今にも泣きだしそうだ。

おみさは走り寄った。新吉を引き寄せて抱き留めると、赤茶けた顔の男に、

「新吉に何をしたんです……何を言ったんですか」

強い口調で問い詰めた。

「こりゃあどうも、するとあんたが、おみささんですね。あっしは御用聞きの仙治と申しやす」

「仙治さん……」

大家の弥兵衛が言っていた、八州廻りの手下仙治が、新次郎を追っているという話が頭を横切った。咄嗟に、

「新吉、おうちに帰ってなさい」

厳しく言って新吉の肩を押し、逃げ込むように家の中に走りこんだ新吉を確かめてから、

「いったい何を子供に聞いていたんでしょうか。どんな御用か存じませんが、まだ幼い子を脅《おど》すようなことをして……」

言いながらおみさの視界の端っこには、井戸端の向こうで何かを洗っている

おつねが見えた。その横顔が、興味津々《しんしん》こちらに気を取られていることは明白だった。

——まさかおつねさんが余計なことを……。

不安がつのって来る。

「大家の弥兵衛さんから聞いていると思うが、新次郎って男が、ここにやってきたんじゃないかと思ってね」

仙治は、探るような目で訊く。

「まさか、もう五年も前に連絡のとれなくなった人ですよ。私たちとはもう、いっさい関わりのない人です」

「そうかな、あの子は、新吉だっけ……あの坊やは新次郎の子だろ……」

「違います。あの子の父親は別にいます」

「ふうん、あっしの調べに間違いはない筈だがな……あいつはきっとここに現れると」

「あの子は、新次郎さんの子ではありません。あの人と私は、もう関係がないんです。あの人は、私が子持ちになってることすら知りませんよ。勝手に話を仕立てあげて、私たち親子にまといつくのは止《や》めてください。今度あの子に近づいたら、その時には、私だって黙っていませんから」

仙治を睨《にら》んで啖呵《たんか》を切った。

「おお怖、十手持ちに堂々たてつくとは、てえした女だぜ。まあいいや、また来るとすらあ」

おみさの剣幕に、仙治は薄笑いを浮かべると帰って行った。

おみさは怒りの目で仙治の背を見送った。そして、ちらと井戸端に目をやった。

おつねと一瞬視線があったが、おつねはすぐに目を逸《そ》らした。

「おつねさん……」

おみさは、つかつかとおつねに歩み寄った。

「あの御用聞きに何を話したんですか、またありもしない作り話を告げたんですか」

おみさの声は、同じ長屋の住人への遠慮を脱ぎ捨てたものになっていた。

「あたしは何も言いませんよ。あの御用聞きは勝手に入ってきたんだから」

おつねは、おみさの顔を見上げもしないで言い返した。その手元は大根を洗っている。

「そう、あたしの勘違いかしら……じゃあ、ててなし子だの、みだらな女の子供などと周ちゃんに言わせて、新吉をいじめたのも知らないとでも言うつもり……ずっと信頼してきたのに、そんな人だったなんて……」

おみさは言いおいて、自分の家に飛び込み戸を閉めた。

こんな言葉を吐かなきゃならないなんて、醜い自分が情けなかった。

「ちょっと待ちなさいよ」

おつねの声が追っかけてきた。そして腰高障子を乱暴に開くと、大根を持ったまま目を吊《つ》り上げて、

「おみささん、何を誤解しているんだい、あたしはね、さっきの御用聞きにっいちゃあ本当に何も知りませんよ。それから、うちの周助が新ちゃんと喧嘩《けんか》した事は人に聞いて知ってましたよ。だから周助にも話を聞いて叱《しか》ったところでしたよ。周助が新ちゃんに言った言葉は私が教えたんじゃない。あの子はどこかから聞いてきたんですよ」

おつねは、意外なことを言った。誤解だったのかと、おみさは半信半疑でおつねを見た。

おつねもおみさの戸惑いを察したのか、怒りの表情をおさめて、

「おみささん、新ちゃんを育てながら商いをする大変さは察していますよ。立派だって思いますよ。稼ぐお金だってたいしたものだ。同じ女だけどあたしには真似《まね》が出来ないって、羨《うらや》ましく思うことだってありますよ。だけども、だからと言って、あんたを貶《おとし》めようなんて思ったことは一度もないんだよ。おみささん、そんなにいつもいつも張りつめて生きなきゃならないんかね、もっとゆっくり暮らしたらどうなんだね。新ちゃんのためにも、余裕をもって暮らした方がいいよ。お金稼ぐより、そっちが大事じゃないんかね」

「おつねさん……」

「うちの亭主のような男じゃ困るけどさ、いい人みつけなよ」

おつねはそう言うと、井戸端に引き返して行った。

「おっかさん……」

新吉が板の間に立って心配そうな顔で呼びかけた。

「大丈夫、心配しないで」

おみさは新吉を抱き締める。

だがその心の中は、おつねに突きつけられた言葉で動揺していた。

世間に負けてはいけない。父親がいない分、新吉を守ってやらなければいけない。だから、

――この子が大きくなるまでは、強い女でいなければならない。

そう自分に言い聞かせて心を張りつめてきたおみさだったが、今その心が緩んだような、頼りなさに捉《とら》われていた。

「こちらは、おみささんのお宅でございやすね」

その晩遅くに、腰高障子をほとほとと叩《たた》く音がした。

炬燵でうたたねしていたおみさは、立ち上がって土間におりると、おそるおそる戸を開けた。

「あっしは、藤次《とうじ》と申しやすが……」

男は夜の路地を振り返ると、誰かに尾《つ》けられているとでもいうように、する

りと家の中に入って来て戸を閉めた。

小柄の瘦《や》せた男で、年齢《とし》はおみさと変わらないようだった。

「なんですか、あなたは……」

おみさは警戒の声を挙げた。

「しっ」

藤次は、口に人差し指を立てて制した。そしてすぐに、懐から折りたたんだ紙を取り出して、おみさに手渡した。

「新次郎兄《あに》いからです」

「新じ……」

おみさは言いかけて口を閉ざした。そして後ろを振り返ると、新吉の様子を窺《うかが》った。

新吉は寝息をたてて眠っている。それを確かめてから、おみさは藤次に顔を戻し、

「お返しします」

中身も見ずに、その紙を突き返した。

「新次郎さんとはもう関係ありませんから」

「おみささん……」

藤次は、突き返された紙を掌《てのひら》で押し戻すと、

「そうですか、ここにも八州廻りの手下がやってきたんですね」

呑《の》み込めた、というふうに頷いた。

「藤次さん、ていいましたね。私が知っている新次郎さんは、お上から追われるような人じゃありませんから」

おみさは言った。まさかという苛立《いらだ》ちが声音に現れている。

「その通り、兄いは、ちょっとした行き違いで追われる身になっちまっただけなんです。わりいことはしていねえんだ」

「だったら、何故《なぜ》追われるんですか」

「その事は兄いから直接聞いておくんなさいまし。兄いも、あっしも、もう八王子にも江戸にもいられねえ。それでこの江戸を発《た》つ前に、兄いはおみささんに会って話しておきたいとおっしゃって」

「私は会いません」

おみさは、きっぱりと言った。そしてもう一度、折りたたんだ紙を藤次の前に突き出した。だが藤次は、

「お渡しするのはあっしの役目、つきかえされましたなどと言って、兄いに報告はできねえ」

首を横に振って見せ、

「おみささん、あっしからもおねげえしやす。兄いに会ってやって下さいやし。兄いは、おみささんに会いたいがために、わざわざ江戸に入ったんですぜ。おみささんの顔を見納めになるかもしれねえ、そう考えてのことでございやす。そんな兄いを、おみささんは見捨てるんでございやすか」

「見捨てるなんて、あなたは何も知らないでしょうが、見捨てられたのは私の方です」

「いいや、それは違《ちげ》えます。兄いがこちらに戻ってこなかったのは、おみささんが嫌いになった訳でも、忘れたわけでもございやせん。田舎の八王子で、いろいろと難しいことがございやして、兄いは身動きできなかったんでございやすよ。兄いはずっと、こちらに帰ってきたかったんですから」

と言った藤次の顔色が変わった。

「……！」

藤次は、腰を低くして戸の外に耳をそばだてた。注意深く人の気配を探っている。まもなくだった。

足音が近づいて来るのが、おみさにも分かった。

藤次は咄嗟に部屋に駆け上がった。草履を抱えて枕屏風《まくらびょうぶ》の後ろに身を沈めた時、戸の向こうから声がした。

「仙治です。おみささん、起きてやすね」

声は八州廻りの手先をしている、あの仙治だった。

おみさは息をひそめた。開けようかどうしようか逡巡《しゅんじゅん》した。

「開けてもらえますか、おみささん」

今度は性急な声だった。力ずくでも開けそうな気配である。

おみさは藤次に頷いてから、戸を開けた。

「何の御用ですか、こんな遅くに迷惑です」

おみさは平然と言った。もう腹が据わっていた。

「何、今日の昼間にやって来た時に、ひとつ言い忘れていたことを思い出しやしてね、それを伝えておこうと思いやして……」

「……」

おみさは、突き放すような目で仙治を見た。仙治はその目をちらと見て、

「やっぱり新次郎は江戸に入ってるらしいですぜ、だからここに来るかもしれねえ……ですがおみささん、匿《かくま》ったりしちゃあ、あんたも罪に問われますぜ」

「ご心配なく、新次郎なんて人はここにはきません。それより親分さん、うちには幼い子供がいます。もう私たちにつきまとうのは止めて下さいとお願いした筈《はず》ですが……」

「そりゃ出来ねえな、あいにくこっちも手柄がかかってら」

「そうですか、出来ない……そういうのですね」

おみさはいきなり髷《まげ》に手を伸ばした。

かんざしを引き抜いて、わざと髪をはらりと乱した。更に襟を広げて白い肌を見せ、着物の裾《すそ》を乱して二布《ふたの》をあらわに見せた。

「な、何するんだ」

ぎょっとした仙治に、

「このまま外に走り出ましょうか。仙治親分が押し込んできて私を手籠《てご》めにしようとしたと叫べば、この深夜です、誰ひとり長屋の人たちは疑いませんよ」

「うっ……」

仙治の顔が青くなった。

「押して不義は重い罪、まして十手に物言わせたとなれば厳しいお咎《とが》めを受ける筈、それでもいいんですか」

「ち、ちくしょう、こ、このアマ」

仙治は、慌てて帰って行った。

おみさは、外に出て、薄い月明かりの中を転げるように走って帰って行く仙治を見届けた。

「早く……」

おみさは、枕屏風の後ろから這《は》い出て来た藤次に言った。

「ここは御用聞きが見張っています。もう二度と来ないで下さい」

「すまねえ」

藤次はぺこりと頭を下げると、軒下の闇《やみ》を伝って木戸の外に出て行った。

「……」

おみさは、炬燵《こたつ》の布団の上に藤次が置いていった紙を乗せると、大きくため息をついて座った。大きな疲れを感じていた。

救われたのは、新吉が目覚めなかったことだ。

——いまさら……。

おみさは、炬燵の上の紙に目を遣った。

四

「新吉、おっかさんは暗くなるまでには帰って来るから大人しくしているんだよ。それと、手習いから戻ったら外には出ないように、またあの怖いおじさんが来るかもしれないんだから」

おみさは、昼ご飯に帰ってきた新吉にもう一度言った。

「分かったよ、分かったけど、おっかさんはどこに行くんだ？」

新吉は、握り飯を頰張りながらおみさに訊《き》いた。

手習いは早朝に出かけて行くが、昼には皆自分の家に戻って食事をする。そして再び手習い師匠の家に行くのである。

「おっかさんはね、昔世話になった人に会ってくるの」

鏡を覗《のぞ》いて髪を櫛《くし》でなでつけながら、おみさは言った。

余所《よそ》行《ゆ》きの着物を着て、白粉《おしろい》も丁寧に付け、紅も少し濃い目に引いている。いつもと違ういでたちに、新吉はかすかな不安と興味を抱いているようだ。

「なんて言う人？」

風呂敷《ふろしき》を抱えて土間に下りたおみさに訊いた。

「お前の知らない人だよ」

「おいらも行きたいな」

「駄目、お前はうんと勉強して、立派な大人になるんだよ。おっかさんはそれが夢なんだから」

新吉は頰を膨らませる。母親が余所行きの姿で出かけるのは、子供にとってはひとつの異変なのだ。

「じゃあ手習いの先生の家の前まで一緒に行く？」

おみさは新吉を手習い師匠の家まで送ると、踵《きびす》を返して両国に向かった。

――両国回向院《えこういん》前鳥屋《とりや》の二階――

新次郎が寄越した手紙には、そのように書いてあったのだ。

会いたいとか、新次郎だとか、そういう文字の連なりはいっさい無い。しかし確かに新次郎の筆跡だった。用心に用心を重ねた知らせだったのだ。

絶対見るものかと一度は竈の中にまるめて投げ入れたものの、やはり気になって拾い上げて広げて読んだ。

文面から伝わってくる切迫した気配に、おみさは今日の店の休みを待って、新次郎に会う決心をしたのだった。とはいえ、

――あの人はまだこの江戸にいるのだろうか……。

足を急がせながら、おみさは一抹の不安を持ち始めていた。

藤次がおみさの長屋にやって来たのは一昨日、もはや江戸を発っているのかもしれない。

「もし……どなたかいらっしゃいますか」

おみさが、回向院前の鳥屋の土間に入って声を掛けた時、店の中には誰もい

なかった。

迎えてくれたのは、鳥籠《とりかご》の中の鳥たちだった。めじろにやまがら……美しいカナリヤもいる。

「いらっしゃいませ、いらっしゃいませ」

素《す》っ頓狂《とんきょう》な声を掛けてくれたのは、オウムだった。

おみさは、身を竦《すく》めた。人のいない店の中に声のするのは鳥だけという風景が、妙に不気味に思えたのだ。

おみさは踵を返した。だが振り返った。店の奥に何かを見た気がしたのだ。

果たして、

「おみさ……」

月代《さかやき》を伸ばした無精ひげの男が、柱の向こうから手招いていた。

「新次郎さん……」

おみさは息を呑んだ。

「おみさ、よく顔を見せてくれ」

新次郎はおみさを二階の小座敷に押し上げると、座るや否《いな》や、おみさの手を握りしめた。

藤次は旅支度を整えるために外出しているのだと言い、

「よく来てくれたね、おみさ……苦労を掛けてすまなかった。だがこれにはいろいろと訳があったんだ、それだけはおまえに伝えておかなくちゃと思ってな」

真剣な眼差《まなざ》しを向けた。

「そんな事をする訳がないじゃないか」

「私を捨てたんじゃない、そう言いたいのね」

「……」

おみさは弱い笑みを漏らした。五年間も音沙汰《おとさた》がなかったのをどう説明するというのだろうか。

「藤次に聞いたと思うが、俺は八州に追われている。捕まれば火刑だ」

「私のところにもやってきました。火付けの罪だと……」

「いや、それは違う、違うんだ。火付けをやったのは俺じゃない」

憎しみのこもった口調で新次郎は言った。

「奴《やつ》らは俺を八王子から追い出すためにやったんだ。話せば長いが、その事を話しておきたかったんだ。新吉のためにも……」

「新次郎さん……」

おみさは驚いた。

新吉、と呼んだ新次郎の声には、自分の血を分けた者への、強く熱いものがあった。

「男の子を生んでくれたんだな。新吉という子で、すくすく元気に育っていると聞いている。私の子なんだろ、新吉は……」

おみさを握る手に力が入る。

「いいえ、新吉はあなたの子ではありません」

おみさは、気力を振り絞って言った。

新吉はあなたの子ですと、喉元《のどもと》まで出ていたが、おみさはそれを呑み込んで否定した。

理由はどうあれ八州に追われるような男を、新吉の父とは認めたくない。今さら新吉を苦しめるような事はしたくないと思ったのだ。

「おみさ……」

「私、ある人と所帯を持つことにしたのです。新吉にはその人を、抵抗なく父と呼ばせたいんです」

「そうか……わかった」

長い沈黙のあと、新次郎は頷いた。哀《かな》しい顔をしていた。

だがやがて顔を上げると、思い直したようにおみさと向き合った。

「その事はもう口には出すまい。だが、聞いてくれるね、何故八州に追われているのか……」

新次郎は静かに言った。

「五年前のことだ。萩屋《はぎや》に八王子の実家から早飛脚で手紙が届いた。手紙には、すぐに帰って来るようにと……家が大変なことになっていると書いてあったんだ」

新次郎の言葉は淡々として、偽りは感じられない。

どうしても自分が知りたかった五年間の空白の真相を、これから新次郎から聞くのだと思うと、おみさは胸が痛くなった。息を詰めて新次郎の顔を見た。

「おみさ、おみさに実家の話をまだしていなかったが、実は俺の実家は、八王子の八日市《ようかいち》で絹宿をやっている家でね。父は佐倉佐兵衛《さくらさへえ》と言い、名主でもあった人だ……」

「……！」

おみさは驚いた。そんな歴《れっき》としたところの子息だなどと、新次郎は一度も匂《にお》わす素振りをしたことがなかったからだ。

「ただ俺は佐倉家の次男だ。上に万太郎《まんたろう》という兄がいて、家は兄が継ぐ訳だから俺は厄介者だった。それで、なんとか江戸で一人前の男になろうと思ったんだ。絹の仲買人で直助《なおすけ》という人に頼んで、両国の萩屋に板前修業に入ったのもそういうことだ」

だが新次郎は、板前の修業にあまり身が入らなかった。

やがて富くじに魅入られて湯島天満宮に通うことになるのだが、

「おまえに会ってから気持ちが変わった。真剣に腕を磨いて一人前にならなければと思うようになったんだ。おみさ、お前を幸せにしてやりたいと思ったたからなんだ。だがそんな時に、文も途絶えていた実家から、すぐに帰って来るように知らせが来た……」

新次郎は、取るものもとりあえず店を後にした。板前の頭《かしら》には、直《す》ぐに戻ってくると伝えて八王子に向かった。

ひょっとして父親が亡《な》くなったのかと思った。文の筆跡は、円蔵《えんぞう》という番頭のもので詳細に欠けていた。

果たして、実家に帰り着いた新次郎は、父がたった今亡くなったと知らされる。

父の佐兵衛は、宿場で何者かに刺されたというのであった。胸に深手を負って亡くなったと、その傷も見た。

兄の万太郎は説明した。

「親父《おやじ》さんは、生糸にしろ、織物の縞《しま》の反物にしろ、百姓からもっと高い値段で買い上げてやろうと他の絹宿に呼びかけたんだ……」

八王子はここ二年続けて米も雑穀も不作だった。もともと米は多く作れる地形ではない。

それが、干ばつ、大雨と、二年続けて天候不順に見舞われて、籾米《もみごめ》の備蓄さえままならない状態になっていた。

特に三反歩《たんぶ》以下の農地の小百姓たちはことに貧しく、その貧しさを埋めるために、佐兵衛は機《はた》や糸を提供して縞物を織らせるという救済処置も行っていた。

機や糸を買う金が無くても、これで現金収入を得ていたのだ。

ところがこのところの八王子宿の絹宿は、江戸の白木屋《しろきや》や大丸《だいまる》などの大手呉服問屋と提携して、より良い品をより安く百姓から買い取ることに腐心していたのである。

「何のための、誰のための市か……八王子宿に生きる者たちすべてが豊かになるための市ではないのか」

と佐兵衛は寄り合いで声を張り上げた。しかし幕府に多額の上納金を払って市を行っている商人や名主からは、佐兵衛はとんでもない人間だと敵意をむき出しにされたのだ。

このもめごとに割って入って来たのが、宿場のやくざ者で八州から十手を授かっている徳蔵《とくぞう》という親分だった。

これまで困っている近隣の百姓の味方と称して、お上にも体を張って対決すると評判だった徳蔵が、市の立つ日の警護を請け負ってからというもの、絹宿から貰う礼金に目がくらんで、佐兵衛を目の敵にするようになったのだ。

それでも佐兵衛は声を上げ続けた。

「その結果がこれだ……親父さんは、何者かに殺されたんだ」

万太郎は泣いた。

側《そば》で話を聞いていた円蔵が新次郎に言った。

「新次郎さん、万太郎さんは性格が優しくて、犯人捜しや、百姓たちのうっぷんを引き受けて役人に立ち向かうなどという荒事はとても無理です。万太郎さんにかわってその役を、新次郎さん、あなたにお願い出来ないものかと、万太郎さんとも話し合いましてね、それで急遽《きゅうきょ》帰っていただいたのです」

「……」

新次郎は、江戸が気になりながらも、引き受けざるを得なかった。

半年で終わるだろう、いや、一年で終わるだろうと奔走しているうちに四年が過ぎ、昨年再び大雨や天候不順で不作に見舞われると、更に足止めを余儀なくされた。

せめて我らの土地に雑木林でもあれば薪《まき》を作って売ることが出来るのにと、小百姓たちは幕府の林を恨めしい目で眺めるのだった。

このころになると、新次郎は宿場や農村で、やくざ者徳蔵に対峙《たいじ》する一派として、藤次など農村の次男三男十数人を従えるまでになっていた。

新次郎たちは、御領地の雑木を切り倒し薪にできないものかと代官に願い出た。そのあとに桑の木を植えて養蚕を行うという計画も伝えたのだが却下された。正直、村人自身が焚《た》く薪さえも不足していた。

「山火事でも起きればな……」

誰かが口走った。

御領地で山火事が起これば、村人は火消にかりだされるが、一帯の林で焼け残った木は農民たちに下される。

農民たちはそれを薪にして市に出したり、また自分たちの暮らしに使用したりと、そういうことが許されるという不文律があった。

御領地でやくざ者が重宝がられるのは、こういった時に身を挺《てい》して人知れず山に火を付け、自然発火にしたてて人々を救ってくれた事があるからだ。

今八王子で勢力を振るっている徳蔵の父親も、そういった義侠心《ぎきょうしん》の強い男で、けっして役人に尻尾《しっぽ》を振るだけの男ではなかった。

ところが跡を取った徳蔵は、絹宿と結託して農民とは距離を置いた。八州廻りの手先にもなって、時には農民にあらぬ疑いを掛けて苦しめたりしている。

徳蔵は、八王子に巣食う蛇と化していた。

山火事でも起きればなと、農民の一人が口走った言葉は、奇跡が起こらない限り叶《かな》うものではなかったのだが、奇跡は起こった。

空っ風が吹き荒れた数日後、山は火事に見舞われたのだ。

農民たちは火消に駆り出され、あとの始末として焼け残った雑木を薪にし、それで銭を手に入れる幸運にありついた。だが、

「新次郎、お前を火付けの罪に問う。潔白を証明したかったら、八州さまの前で釈明しろ」

なんと徳蔵が、新次郎を火付けの犯人として捕まえにきたのだった。

「新次郎さんは、火付けなんて、やってねえ！」

藤次たちが訴えたが、徳蔵は聞く耳を持たない。新次郎は兄の万太郎と相談の上、八州の手の届かぬ国に逃げることになったのだった。

「そういうことだ……」

長い話を終えた新次郎は、大きく息をついて、おみさを見た。

何もかもが、想像することもままならない土地での出来事で、理解するのは難しかったが、おみさは新次郎の話を信じた。いや、信じたかった。

ただ、新たな不安も生まれていた。疑いが晴れなければ、新次郎は終生江戸にも八王子にも近づくことはできない。

「俺は、山火事については、親父を殺した奴らの仕業と考えている。いや、間違いない」

新次郎は、強い口調で言った。

「でも、証拠がないんでしょ、あるんですか」

おみさは聞く。聞かずにはいられない。

「摑《つか》みかけたところだった……」

悔しそうに新次郎は言った。

父親を殺した犯人を捜していた新次郎は、事件の直後に徳蔵の子分で増吉《ますきち》という男に似た者が、殺しの現場から逃げるのを見たという駕籠《かご》かきの話を聞いた。

だが増吉は、既に姿を八王子から消していた。

やくざ者が何か町で問題を起こすと、その者を官吏の手の届かぬ場所に移して匿うというのは渡世人の常套《じょうとう》手段だ。

新次郎は手を尽くして甲州一帯を探した。そしてつい最近、甲府の緑町《みどりまち》の女郎屋に、増吉が匿われているという情報を得た。

新次郎が増吉の身柄をとるために動き出したその時、突然八州が現れて、新次郎自身が追われる身になったのだった。

「徳蔵一家は、親父殺しの追及を阻《はば》むために自分たちで山に火を付け、それを俺の仕業に仕立てたんだ」

新次郎は激しい声で言った。

「するとあの仙治って人も、徳蔵という親分の手下なんですね」

「仙治が来たのか」

新次郎は驚いたようだ。だがすぐに納得顔で頷《うなず》くと、

「仙治は徳蔵の一の子分だ。あいつだって、どれほど悪事を積み重ねてきたことか、調べればいくらでも埃《ほこり》は出る筈だ。今度の山火事のことだって、一枚嚙《か》んでると俺は見ているんだが……」

「……」

おみさは頷《うなず》いた。これまでの仙治の言動を考えると納得がいく。

「俺はな、逃げ回るのも、そう長い間のことではないと信じている。兄もいよいよ腹を決め、全力で親父殺しと山火事の一件を調べると言ってくれたんだ。ただ俺は、お前に疑われて逃げる暮らしはしたくない、そう思ったのだ」

新次郎は、おみさの手を取り、強く握った。

おみさは何度も頷く。新次郎はおみさを捨てた訳ではなかったのだ。一家に降りかかった災難の中で、懸命に困難に立ち向かっていたのだ。

五

「十個でございましたね、ありがとうございます」

おみさは、梅香餅《ばいかもち》をお客の手に渡して見送ると、境内に舞う梅の花弁に眼を遣《や》った。

またあの季節が巡ってきたのだと思った。毎年この花散る光景を見ながら、おみさは新次郎への思いを募らせてきた。

無性に会いたいと身を焦《こ》がすような思いに駆られる時もあれば、捨てられたという憤《いきどお》りに胸が千切れるような時もあった。

だが今日は、これまでとは違った思いに胸は塞《ふさ》がれている。

八州の手下に追われている新次郎の身の上が案じられてならないのだ。

――店を閉めたら、あの人にもう一度会って、このお金を渡してやらなければ――。

おみさは貯《た》めて来た金を袱紗《ふくさ》に包んで、帯に挟んで持参してきていた。

その金は、繁華な通りに店を出すにしても、清蔵と所帯を持つにしても、親子にとってはなけなしの大事な金になる筈だった。

だがおみさは、店を持つ夢を先に延ばした。むろん清蔵との縁談についても、大家の弥兵衛を通じて断った。

明日の早朝、薄闇にまぎれて江戸を発つ新次郎に渡してやりたい、そう考えたからだ。

「おまちさん、もう今日はお帰りなさいな。おっかさんをお医者に連れて行くんでしょ」

おみさは、床几《しょうぎ》に座っているお客にお茶を出して戻って来たおまちに言った。

「すみません、こんな忙しい日に……」

おまちは頭を下げた。おまちの家も、母一人子一人で、いまやおまちが母を支えて暮らしが立っている状態だった。

「いいのよ、早く……」

おみさは、おまちを帰すと、残った三十個ほどの餅を片付け始めた。売り切ってから新次郎のもとに向かおうと思ったのだが、気が急《せ》いた。

『売り切れ』の札を出し、荷造りを始めたが、ふっとその手を止めて、前方にある梅の木の下に目を遣った。

「……！」

なんと木の下に新次郎が立っているではないか。旅支度をした姿で、笠《かさ》を深く被《かぶ》っているが、おみさには一見して新次郎と分かる。

新次郎もおみさの姿を認めると、小走りしてやって来て、よしず張りの店の中に入った。

「明日のつもりだったが、今晩発つことになった。長い別れになるかもしれないが、おみさ、所帯を持ったら幸せにな、祈っている……それを伝えたくて立ち寄ったのだ」

おみさの手を両手で包む。

「私、所帯を持つのを止めました」

おみさは言った。

「何、しかしそれは……」

驚いた顔の新次郎に、

「ここで新次郎さんの無事を祈ります」

おみさは、きっぱりと告げると、帯に挟んでいた袱紗の包みを新次郎の手に握らせた。

「少しは足しになります」

新次郎は袱紗を開いて目を見張った。袱紗には小判が重ねてある。

「ありがたいが、母子《おやこ》の暮らしに使ってくれ」

新次郎は突き返した。そして、

「ひとつだけ聞きたい。このまま旅立とうと思ったのだが、どうしても、もう一度確かめたかった。新吉は私の子だね……」

「……それは昨日」

「分かっている。だがなおみさ、けっして誰にも言わない、むろん新吉にも言わなくていい、私だけの心におさめる、他言はしないと約束する。だから本当のことを言ってくれ。新吉が俺の子なら、俺は嬉《うれ》しい。逃亡の日々の糧《かて》にしたいんだ……」

必死の目で、新次郎はおみさを見た。

「新次郎さん……」

おみさは、新次郎の手を握り返して頷いた。だがその目が凍り付いた。先ほど新次郎が立っていた梅の木の下に、仙治が現れたのだった。

「逃げて……むこうに八州の手下が来ています」

目線を新次郎の背後に走らせながら耳元に囁《ささや》いた。

新次郎は小さく頷くと、店の背後に走った。

「待て！」

仙治が十手を持った腕をめくりながら走って来た。

おみさは咄嗟《とっさ》に、店の横に立てかけてある竿《さお》を摑んで仙治の前に立った。

「何をするのだ、あいつは火付けをした男だぞ」

仙治は十手を振り回して喚《わめ》いた。

「えい、えい、えい！」

おみさは、力の限り竿を振り回した。

「野郎！」

仙治が飛びかかって来た。あっという間に、おみさは仙治に胸倉を摑まれていた。

「おめえも牢屋《ろうや》にぶち込んでやる」

仙治がおみさに言い放ったその時、

「そこまでだ、仙治」

見知らぬ十手を持った侍が、岡っ引一人と長い棒を持った小者二人を従えて走って来た。

ぎょっと見返した仙治に、侍は言った。

「八州の者だ、新次郎はどこか？」

八州の侍が仙治に聞く。

「逃げやした、むこうです」

仙治はおみさの襟をつかまえたまま、新次郎が逃げて行った坂を顔で指した。

岡っ引が、その坂へ走って行く。

——あっ……。

おみさは心の中で悲鳴を上げた。

「さて……」

八州の侍は険しい顔を仙治に向けると、

「その手をはなせ、仙治、お前をめし取る」

十手を振って小者に合図した。

「だ、旦那《だんな》、これはいったい、何のまねで……」

あっと言う間に小者に縄をかけられた仙治が叫んだ。

「仙治、よくもわれらをだましたな。徳蔵の子分で増吉という男が遺体で見つかったぞ。やつは、お前や、お前の親分の徳蔵の所業を書き留めていたものを女郎に渡してあったのだ。それには、いつかは自分も消されるかもしれん。もしもそうなった時には、この書き付けを役人に渡すようにとな、そして絹宿の佐倉佐兵衛を殺したのは徳蔵の命令だったと書かれていた。しかも、山に火を付けたのは、仙治、お前だとな。お前たち徳蔵一家が、佐倉佐兵衛を殺し、それを知られた新次郎に火付けの罪を着せようとしたのは明白、神妙にしろ！」

「八州さま、それじゃあ新次郎さんは？」

おみさの問いかけに、侍はおみさの目を見て頷いた。

おみさは、弾《はじ》かれたように新次郎が走って行った坂に向かった。

坂の上に立った時、坂の中程を走って行く岡っ引が見え、更にその先の坂の下に新次郎が足早に行く背が見えた。

岡っ引は大声をあげながら走って行く。

新次郎が足を止めてふり返った。

──新次郎さん……。

おみさは力が抜けたように坂の上に膝《ひざ》をついた。

その眼に、岡っ引と一緒に引き返してくる新次郎が見えた。

おみさの胸は熱いもので満たされていく。

長い間胸の奥に押しこめていたそのものは、堰《せき》を切ったように双眸《そうぼう》からあふれてきた。

こぼれ落ちる大粒の涙を、おみさはぬぐわなかった。落ちるにまかせて、新次郎の姿を見詰めた。

甘酒

一

柳原《やなぎわら》通りと呼ばれる神田川の南土手下には、筋違橋《すじかいばし》から和泉橋《いずみばし》にかけて古着屋や古道具屋の床店《とこみせ》が四百軒から五百軒近くひしめいている。

この通りには、安価で手近かな品を求めてやって来る客ばかりか、仕入れに来た商人《あきんど》、その逆で売りに来た商人などもいて、日本橋通りなどとは違った活気にあふれている。

だが、日が暮れると一斉に店は閉まり、人々の影も瞬《また》く間に消え、通りは俄《にわ》かに寂しくなる。

人家の灯も遠くに心細く見えるばかりで、とっぷりと暮れた柳原通りは気味が悪いほどだ。

ところがこの頃、柳原堤にある柳の森稲荷《いなり》の鳥居の前に、ひとつの灯りがぽっと点《つ》く。

おきみが営む屋台の甘酒屋だった。

両国や繁華な場所を避けるようにして、そんなうら寂しい場所に店を出すのには訳があった。

おきみは、柳原土手で夜な夜な商いをする夜鷹《よたか》に、一杯の甘酒で元気を付けてもらいたい、力をつけてもらいたい、ささやかな一助になればと商っているのである。

もちろん商いだからお代はいただく。だが、夜鷹には甘酒一杯を相場の半分、四文で売っている。

客一人をとって二十四文の夜鷹の稼ぎから、それ以上の代金は貰《もら》えない。

その代わりに、夜鷹を買いに来る客や、通りすがりの若い衆や旦那《だんな》衆には、相場より少し高めの、一杯十六文で売っている。

少し高いが、筋違御門の八ツ小路に出ている甘酒屋より美味《うま》いという評判で、客の中でも見栄《みえ》を張る男たちは、五十文、百文と置いて行くから赤字を出すことはない。

今夜も柳原通りに人の往来が絶えると、頃合いを見て二人の夜鷹が、突然草むらから這《は》い出てきたように現れて、おきみの店にやって来た。

「おきみちゃん、一杯おくれよ」

白塗りの首をあられもなく見せて、むしろを抱えた女が屋台の前に置いてある空き樽《だる》の腰掛に座った。

名はおくらという夜鷹で、夜鷹の中では若い方だが、良く見ると右の頬の半分ほどに火傷《やけど》の痕《あと》がある。

数年前まで岡場所にいた女だが、客と争い、その客から鉄瓶の湯を掛けられて火傷を負い、あげく岡場所から追い出されて、以後はこの柳原土手で商いを始めたという。

「わらわも一杯所望じゃ……美味ならば旦那さまの滝沢《たきざわ》さまにもお持ちいたそう……何、わらわを知らぬ？……わらわは御老女滝沢さまのお側《そば》にお仕えする者ぞ……れんと申す」

もう一人の女は、黒っぽい着物の裾《すそ》を摘《つま》み上げ、襟に手を置いてそう口上を述べ、胸を張ってみせた。

こちらはおれんという女で、もう五十は超えているが、嘘《うそ》か本当か、若い頃に大奥にいたというのが自慢で、時々芝居がかった声音で大真面目《おおまじめ》に演じてみせるのだ。

おくらは、歯の抜けた口でけらけら笑って、

「おれんさん、いいから早くいただきなさいよ。おきみちゃんも聞き飽きたって笑ってるじゃないか」

側の空き樽を、座れとばかりにぽんと叩《たた》いた。

「まったくだ、夜鷹が何言っても誰も信用しないわな」

おれんは、くつくつ笑って、おくらが叩いた樽に腰かけた。すぐにおきみから甘酒の入った椀《わん》を受け取ると、美味そうにすすった。

「もっとも、大ぼら吹くのはおれんさんだけじゃないからね。あたしは昔、御家人の女房だったとかさ、大店《おおだな》のおかみさんだったとか、皆嘘八百を並べてさ、それで見栄を張りあって楽しんでいるんだから、笑っちゃうよね」

「そうでも言ってなきゃ、やってられないわ。作り話だろうとなんだろうと、いっときみじめな自分を忘れられるんだから、金のかからない手慰みってもんだ」

二人の言葉の投げ合いはいつもこうだ。

おきみは、そんな二人を姉や母を見るような目で見守りながら、笑みを湛《たた》えて聞き入っている。

「ああ、うまいね。あたしたちもおきみちゃんがここに店を出してくれる、それだけで元気がでるよ。甘酒飲んで、もうひとふんばりってね」

おれんが言い、にっとおきみに笑いかけた。

大きく股《また》を開いて甘酒をすすっているおれんの顔には、屋台の淡い行燈《あんどん》でも、おびただしい皺《しわ》が走っているのが分かる。

「元気がでるのは私も同じです。皆さんがお元気で頑張ってる姿を見て、私も頑張れるんです。それに、ここで甘酒を商うのは、亡《な》くなったおっかさんの遺言ですからね……」

おきみは言った。

「ほんと、あんたのおっかさん、おしげさんとは妙なめぐり合わせだったねえ」

しみじみとおれんが呟《つぶや》く。

「ええ、あの時、おっかさんと私を助けてくれたのは、皆さんですから……」

おきみは遠い昔を思い起こした。

それはおきみが八歳の時だった。

母のおしげはおきみを連れて、この目の前の神田川に入水《じゅすい》したのだ。

生きていく自信も希望も無くした母の最後の決断は、娘を道連れにして、この世を去ることだったのだ。

だが、母のおしげとおきみは、この柳原土手を商いの場としている夜鷹たちによって川から引き上げられ、一命をとりとめた。

その時おれんが皆に指図して、どこからか甘酒を買ってきて母とおきみに飲ませてくれたのだ。

とろりとした甘酒が体の中に入っていくと、みるみる生気がみなぎって、生きていたい、死にたくない、そういう気持ちが胸に膨らんできたことを、子供心にも覚えている。

甘酒で一息ついた時、母はおれんたちからこんこんと説教されて、人生のやり直しを強く決意したのだった。

「おれんさんたち夜鷹の皆さんが助けてくれなかったら、あたしもお前もここにはいないんだからね。あの時の恩を忘れちゃいけないよ」

母は口癖のように言い、実際死ぬまで夜鷹への恩を忘れたことはなく、五年の時を経て柳原通りによしず張りの甘酒屋の店を始めると、この稲荷の鳥居前でも、夜鷹相手に甘酒を売るようになったのである。

それから六年余が過ぎた。

母のおしげは二年前に亡くなったが、おきみは母の遺志を慮《おもんぱか》って、昼間は柳原通りのよしず張りの床店で甘酒屋を商い、夜になると、ここに移動してきて屋台を出しているのだった。

ここで使う屋台や樽の腰掛は、母の時代から稲荷の敷地内に置かせてもらっているから、労力はいらない。

「おきみちゃんのおっかさんは、おれんさんから『夜鷹も甘酒は大好きさ、疲れていてもいっぺんに元気がでるからね、だけどもそうそう飲めやしない。人目をはばかって買いにいけやしないんだ』なんて言われたもんだから、あたしたちのこと考えて、こんな所で甘酒出すようになったんだよね」

おくらが言うと、

「まったくあたしも余計なことを言ったもんだよ。おしげさんには悪いことしちまったよ。でもね、おきみちゃん、あんたはあたしたちに義理立てて、いつまでもこんな所で商いしなくてもいいんだよ。もう十分さ。それよか、早くいい人見つけて、こんな所とは縁を切るんだね」

おれんはそう言うと、四文の銭を置き、

「あたしたちはね、あんたの幸せを祈ってるんだ。あんたのおっかさんに代わって、見届けなくちゃあって思ってるんだからね」

にっこり笑って、よっこらしょっと腰を上げた。

「おくらさん、お先に……さあ、もうひと踏ん張りするか」

肩の凝りをほぐすように首根を回して、土手の薄闇《うすやみ》の中に消えて行った。

おれんが消えて行った先の闇には、一匹、そしてまた一匹と蛍が舞い始めている。

「口は悪いけど、いい人だよね、おれんさんは……でも私も同じ考えさ、あんただけは幸せになってほしいよ」

おくらも、おれんを見送ると立ち上がった。だが、

「ごめん、ひと稼ぎしてから払いに来るから……」

片目をつぶって手を合わせた。

「次の時でもいいんですから、気にしないで」

おきみは笑顔で頷《うなず》いた。

「ありがとね」

おくらは手を振って、おれんが消えた先とは違う土手をゆっくり登って行った。通りすがりの客を呼び込むためらしい。

その土手の上にも蛍が舞い始めている。

おきみはしばらく、闇に舞う蛍をじっと見守った。

「さて……」

おきみは、二人連れの若い男が帰って行くと、足元に置いてある手桶《ておけ》をとった。

少し早いが屋台を閉めようと思ったのだ。

若い男二人に、名前は……とか、どうしてここで甘酒売ってんの……とか、さんざん訊《き》かれて躱《かわ》すのに疲れ果てた。

空を見上げると月は満月に近く、皓々《こうこう》と光を地上に落としている。

おきみは月の灯りを頼りに、桶を持って河岸に下りて行った。

片付ける椀や箸《はし》など洗うための水をくむのだ。

この柳原河岸《かし》には、昼間は船がさまざまな荷物を運んで来る。

岸から水辺に向かって数段の石段を設け、更に一間ほどの長さの板が張り出してあり、荷船や猪牙《ちょき》船や、もう少し小さな舟なども発着できるようになっている。

柳原通りに店を出す商人の利用はむろんだが、更にその背後に広がる神田の町の商人たちも、ここの荷上場を利用する。

昼間は船も人も、その姿は絶えることはないのだが、ここも夜になると閑散とした景色となる。

おきみは、水際《みずぎわ》の石段の上から桶の口を水中に突っ込んで神田川の水をくみ上げた。

――おやっ……。

屋台に引き返そうとしたおきみは、手に桶を持ったまま、黒々と流れる上流に目を遣《や》った。

小さな舟が、流れに任せて近づいて来るではないか。舟は釣り舟のようだが、火も灯《とも》していないし、人の影もみえない。

おかしいな、と思ったその時、舟は舳先《へさき》を、張り出した板に突っ込むようにして止まった。

おきみは、ぎょっとして目を皿にした。

舟のへりに手が見えたのだ。苦しげなうめき声も聞こえる。

おきみは恐怖に襲われた。声を上げれば夜鷹の誰かが駆けつけてくれるかもしれなかったが、無暗《むやみ》に声は出せない。

急いで稲荷に戻ろうと数歩あるいたが、立ち止まって後ろを振り返った。

桶を置いて、恐る恐る岸辺に歩み寄り、更に舟に近づいてみた。

人が舟の中で仰向けになって横たわっている。

「誰……」

おきみは思わず声を出した。

するとその者は、弱々しいうめき声で応《こた》えてきた。

さらに舟に近づいて見てみると、その者は男で、しかもかなりの年輩のようだ。

顔は月の青い光のせいもあるのだろうが、どす黒く光っていた。しかも頬は瘦《や》せこけて、貧相な体格の爺《じい》さんのようだ。

釣りでもしていて気分が悪くなったのかもしれない。それならこのまま捨て置いて帰る訳にもいかないと思ったおきみは、気持ちを奮い立たせて爺さんに声を掛けた。

「どうしたんですか……聞こえますか？」

「すまねえ……」

弱々しい爺さんの声が返ってきた。

相手が恐ろしげな若い男ではなく爺さんと分かって、おきみは少しほっとしていた。

「どこか悪いのですか……立てますか」

おきみは手をのばして爺さんの腕を摑《つか》んだ。手を貸してやろうと思ったのだ。すると、

「いいんだ、舟を川に突き放してくれ」

爺さんは、かすれた声で言った。

「何言ってるんですか、そんなことをしたら大川に流れ出て、海に流れて……」

「それでいいんだ」

爺さんは言った。投げやりな声音だった。

おきみは、はっとした。爺さんは、このまま大川から海に流れ出て、海のもくずとなるのを望んでいるんだ。

おきみの脳裏に、十二年前の、生きる希望も失《う》せた母と手を繫《つな》いで、この柳原土手を彷徨《さまよ》っていた時の姿が蘇《よみがえ》った。

「そんなことが出来るもんですか。いい……私の手を摑んで、早く！」

おきみは、足を踏ん張って爺さんを引っ張り起こした。

さすがの爺さんも観念したのか、おきみの手に縋《すが》って岸に降りた。

だがすぐに、そこにへたり込む。かなり疲労しているようだった。

「いい、ちょっと待ってて」

おきみは、すぐに屋台に引き返した。そして残っていた甘酒を椀に入れると、爺さんのところに走った。

「さあ、甘酒しかありませんが、飲んで下さい。少しは元気がつくでしょう」

爺さんの手に椀を握らせた。

爺さんは、すぐには飲まなかった。椀をじっと見て、それから今度は顔を上げて、おきみの顔を見た。

「いいのかい……金はねえんだ」

「遠慮はいりません。売れ残りよ、お金なんていりませんよ」

爺さんは小さく頷くと、がぶっと一口飲んだ後、椀の中を見詰めて呟いた。

「うめえな……」

「元気が出るでしょ、甘酒……」

おきみは、爺さんの顔を覗《のぞ》いて言った。

爺さんは、子供のような表情で、こくんと頷いた。

「良かったこと、まだたくさんあるから飲んで頂戴《ちょうだい》」

「すまねえ、こんな死にぞこないのあっしに……」

爺さんは、そこまで言って椀を持ったまま鼻をすすった。

「……」

おきみは、黙って爺さんを見守った。

爺さんは、ゆっくりと残りの甘酒を飲んだ。

まるでこれまでの来し方をなぞっているように、一口一口舌と咽喉《のど》で確かめるように飲んでいる。

「おかわりは……」

爺さんが一椀を飲み終ると、おきみは訊いた。

「いや、もう十分だ。娘さんのおかげで、また生き返ったようだ」

爺さんは照れくさそうに言う。

「いったい、どうしたっていうの……夜釣りをしていた訳ではなさそうだし」

ふっと爺さんは苦笑すると、

「食うものが無くなって頼るところもねえ年寄だ。身の始末をどうしようかって何日も町をさまよっていたんだが、歩く力も失せてしまった。この上は身の始末をしなきゃあならねえ、そう思ってな。それで、どこだったか上流で空舟を見つけて……これに乗ってりゃあ、てめえの葬式は海がしてくれらあ、そう思ってな。生きてる価値のねえ身だ」

捨て鉢に言い、にやっと笑った。

「そんな事言っちゃあ駄目よ。私がこんなこと言っては生意気だけど、私も昔、おっかさんと死のうとして助けて貰ったことがあるんです。精も根もつきたのね、おっかさんは……それでその神田川に飛び込んだんです。でも命を助けられて思ったことは、生きていて良かったって……そりゃあ、嫌なことも辛《つら》いこともいっぱいあるわよ。でもそればっかりじゃない、いい事だってある。おっかさんも私も、つくづくそう思ったんだから……」

おきみは、懸命に言葉を継いだ。

自分たちが助けてもらった事を思いだして、つたない言葉であっても、目の前の爺さんを元気づけなければと思ったのだ。

「そうか、娘さんも苦労したんだな。おとっつぁんには死なれたのかい」

爺さんは言った。

「おとっつぁん……」

おきみは鼻で笑った。

「おとっつぁんなんて知らない。……妻子を捨てて、借金だけを押し付けて家を出て行った人なんて……」

「そうか……それでおっかさんと入水をな……」

爺さんは、しみじみと言った。

「でももう、遠い昔のことだから……私には最初からおとっつぁんなんていなかったんだ、そう思っているの。生きているのか死んでいるのか知らないの。もっとも、今頃になって父親でございと出てこられても困るもの……だって今さら、あの人に父親がおりましたなんて、そんなこと言えないもの」

つい口が滑って言い、おきみははっとして口を噤《つぐ》んだ。

「そうか、娘さんには、いい人がいるんだな」

おきみは小さく笑ってごまかした。

あの人とは、今つきあっている政蔵《まさぞう》という飾り職人のことだ。

「大丈夫だ、いまさら親父《おやじ》面《づら》して出てくる馬鹿《ばか》はいねえよ」

爺さんはそう言うと、ひょいと手を上げ、よろりと立ち上がった。

「帰るんですか……宿はあるの？」

おきみは、爺さんの体を支えながら訊いた。

「宿はある。おんぼろ長屋だがな」

「送っていきましょうか」

「なあに、大丈夫だ」

爺さんは、おぼつかない足取りで帰って行く。

おきみはその背に声を飛ばした。

「また、甘酒が欲しくなったら来て下さいね！」

二

雨が上がり、客の足はまばらだが戻ってきているのを、店の中からおきみはぼんやり眺めている。

ここにこうして座っていると、思い出すのはやはり母親のおしげの事だった。

米沢町《よねざわちょう》の裏店《うらだな》で、親子三人幸せに暮らしているとばかり思っていたおきみは、ある日突然、父親がいなくなった事を母から聞いた。

父親は武助《ぶすけ》と言って、出職の大工だった。

酒と博打《ばくち》が好きだった武助は、町の高利貸しに多額の借金を作って家を出たのだ。

おしげは、両国の小料理屋で皿洗いをしていたのだが、そんな手間賃で亭主が遺《のこ》した借金を払える筈《はず》がない。

日に日に追い詰められて、とうとう死を選んだのである。

そして神田川に入水したが、夜鷹たちによって命を救われた。

「馬鹿だねえ。命を捨てるほどの覚悟がありゃあ、なんでもできるじゃないか。夜鷹のあたしたちをみてみなよ。第一、こんな可愛《かわい》い娘を道連れにするなんて許せないね。盗みでもなんでもして、娘だけは育て上げようって、そういう思いにならないのかね。いいかい、ここにいる夜鷹の中には、体の不自由な娘を育てるために夜鷹になった者もいるんだよ。娘の命を、親だからって奪っていい法はどこにもないよ」

おれんの言葉に、おしげは身を縮めるようにして座っていた。

おしげは翌日から昼も夜も働いた。

おきみも商家の子守に出て小銭を稼いだ。

僅《わず》かずつだが借金を返し、暮らしに弾みがつきだしたある晩のこと、おしげは柳橋の上で財布を拾った。

財布の中には十五両ほどの金と、書付が入っていた。

おしげは、そのまま番屋に届け出たが、翌日持ち主が判明したと呼び出しがあった。

持ち主は、京橋に大きな店を持つ、糸問屋の『伏見屋《ふしみや》』で、書付は大きな商いの対価として大坂に送ろうとしていた手形だということだった。

「冷や汗をかきました。ありがとうございます」

伏見屋清兵衛《せいべえ》という主《あるじ》はそう言うと、おしげに礼金として財布の中にあった十五両を、そっくりそのままくれたのである。

この時の、おしげの喜びようったらなかった。

「一度どん底に落とされた者にも、こうして思いがけない運が巡ってくるんだね」

何度もおきみにそう言って、

「このお金は、おろそかに使っちゃ駄目だね。神様はあたしたちを試しているのさ」

おしげはその金を使って、この柳原通りに甘酒の店を出したのだ。

「いいかい、贅沢《ぜいたく》しちゃだめだ、お金をためて、次は古着屋を始めるんだから。そうそう、あんたの嫁入りのお金だっているんだからね……」

おしげは口癖のように言い、甘酒屋で上がった利益は『妙行寺《みようぎようじ》』という寺に差加金《さしくわえきん》として預け、寺が貸し出す『名目金』なるものに流用して貰い、今やその金は元金も含めて三十両になっている。

すっかり逞《たくま》しくなったおしげだったが、おきみが所帯を持つまで待てなかったのだ。

――おっかさんが生きていたら……。

政蔵さんを見てもらえたのにと、大事な相談をしたいこの時に、母のいないのが心細かった。

そういう気持ちがあったから、一昨夜、初めて会った爺さんに、ついぽろりと付き合っている男のいることをこぼしてしまったのだ。

「おいおい、そんな顔してちゃあ客はよりつかねえぜ」

声を掛けられたおきみは、驚いて声のぬしを見た。

「まあ、政蔵さん……」

おきみは目を見張った。何時《いつ》の間にやって来たのか政蔵が店の前に立っていた。

「何を考えてんだい」

政蔵は、白い歯を見せて笑った。

「ちょっとね、おっかさんの事を考えていたの。おっかさんが生きていたら、いろいろ相談できるのにって……」

「また、そんな事を言ってら」

「だって」

「俺じゃあ駄目なのか……」

政蔵は、じっとおきみの目を見て言った。

　おきみは、目を伏せた。政蔵の熱い目に心臓が飛び出しそうになったのだ。

「もう昔の嫌なことは忘れるんだな。これからは幸せになることだけを考えるんだ」

「政蔵さん……」

　おきみは、政蔵の顔をまぶしそうに見返した。

　すると政蔵は、ぐいと近づき、小さな声で言った。

「今晩行ってもいいかい、相談しておきたいことがあるんだ」

「駄目よ」

　おきみは、咄嗟《とっさ》に言った。

　五日前のことが頭を過《よぎ》ったのだ。

　政蔵は、おきみを長屋の木戸口まで送って来て、夜の闇にまぎれておきみを抱き寄せたのだった。

　それは慌《あわ》ただしい口づけだった。

　おきみはむろん初めてだったから、その時全身を浸した陶酔は、しばらく頭の中から離れなかった。

——今度あんな事になったら、きっとあの人は私の体を求めてくるだろう。男女の交わりに対する漠然とした恐れと期待が、政蔵への拒絶となって言葉を遮ったのだった。

政蔵は困った顔をしている。先ほどまでとは違った真剣な顔だった。

「いやなに、今後のことなんだが、おきみちゃんに了解してもらいたい事があってな」

「ここで話せないの？」

おきみは、往来する人にちらと視線を投げて言った。

「込み入った話だからな……まあ、いいや、またにすらあ。じゃあな」

意を決して帰ろうとする政蔵に、おきみは追いすがるように声を掛けた。

「待って、隣のおばさんにここの留守番頼んでみる。待っていて」

おきみは、隣の古道具屋に走った。

柳原堤は、今夜は蛍狩りの人たちが大勢繰り出していて、おきみの店の他に、麦湯の屋台や白玉売りも出ていて普段とは賑《にぎ》わいが違っている。

おきみの店は鳥居前に出した時から、ずっとこの一刻あまり、座る暇もないほど忙しかった。

子供連れの家族や、若者の一団や、二人きりで蛍狩りをしっぽりと楽しんでいる男女など、客はさまざまだった。

こんな事は年に何回もある訳ではないが、このたびの賑わいは、おそらくよみうりなどで、神田川両河岸地《かしち》や土手には例年になく、たくさんの蛍が出ている、そんな報《しら》せがあったからかもしれない。

蛍狩りの人たちは、いっとき蛍狩りに夢中になるが、そのうちにおきみの店や他の店に立ち寄り喉《のど》を潤《うるお》して帰って行く。

こんな時には、普段顔を出す夜鷹は姿を現さない。草むらのどこかで息をひそめているのである。

おきみは、人出に遠慮して出てこない夜鷹たちに済まない気持ちもちょっぴりあって、複雑な思いである。

――さて……。

甘酒も底を突いた。そろそろ帰ろうかと思っていると、

「甘酒を貰えるかね」

なんとこの間の、あの爺さんが、ひょっこり姿を現したのだ。

爺さんの顔は、行燈の灯りとはいえ、この間と比べると見違えるほど生気が漲《みなぎ》っている。

「元気だったのね」

おきみは、残っていた甘酒を爺さんの前に置いた。

「不思議なもんだな。仕事がねえから金がねえ、金がねえから死ぬしかねえと思っていたこのおいぼれに、仕事を持ってきてくれる奇特な人がいたんだ」

「ほんと……」

おきみの声も思わず弾んだ。

「それで手間賃が入ったもんだからよ」

「真っ先にここに来てくれたのね」

爺さんは頷いた。照れくさそうな顔をしている。

「嬉《うれ》しい……私、もう帰ろうかと思っていたところだったの。でもお爺さんなら大歓迎よ」

爺さんは何かを言ったが、おきみには聞き取れなかった。

そして甘酒を一口飲むと、

「うめえな……」

ぽつりと言った。

爺さんは、ゆっくりと甘酒を口に運び、一口一口味わうように飲んでいく。

「ねえ、仕事は何してるのかしら……」

おきみは、爺さんの満足そうな顔に訊いた。

「下駄《げた》職人だ」

「へえ……」

おきみの目は、骨ばった細い爺さんの指に走った。こんな指からどんな下駄が出来るのだろうかと、ふと思ったのだ。

「娘さん、あんた、何時《いつ》所帯を持つんだい」

突然、思い出したように爺さんが訊いた。

「いつの事だか、まだ分からない……でももうすぐかしらね」

おきみは、あいまいなことを言った。

爺さんは口に持って行っていた椀の手を止めて、おきみの顔を見た。

「何をする人だね」

「飾り職人」

「ほう……名は？　そこまで聞いちゃあいけないかね」

「いいえ、政蔵さんていうの。もうすぐ親方のところから手がはなれるの。そうすればこれからは、いっぱしの職人としてやってく訳だけど、いろいろあって……」

おきみは言葉を濁した。

昨日柳原通りの店にやって来た政蔵は、おきみと早く一緒になりたいが、親方におさめる金を作らなくては独り立ちは出来ないんだと告白したのだ。

「そのお金は、鑑札を授かるためのお金だっていうんです。きちっとけじめをつけなくては、所帯は持てないって……」

「……」

爺さんは、椀を置いて、ほんのしばらく考えていたが、

「いくらなんだ、その鑑札は……」

きらっと視線を送って来た。

どきっとするような、冷厳なものだった。

「十両って」

おきみは、叱《しか》られた小娘のように下を向いて言った。

「十両か……飾り職人の世界のことは知らねえが、しかし随分な金額じゃあねえか」

「はい」

爺さんは、またしばらくじっと考えていたが、ふっとおきみに目を転じると、

「まさかその金を無心してきたんじゃねえだろうな」

厳しい強い口調で言った。

「ええ、そんな事はなにも……ただ、そういう事情だから、一緒になるのは少し先のことになるって」

爺さんは、今度は黙って小さく頷いた。

「私、それぐらいのお金は持ってるの。融通してあげてもいいんだけど、おっかさんの言葉を思い出して悩んでいるんです」

「おっかさんは何て……」

「おきみ、おとっつぁんのような男を捕まえちゃ駄目だよ。お金で女に苦労させる男なんて下種《げす》な男さ。そんな男は絶対駄目だって、よく言ってたんです」

「ちげえねえや」

爺さんは、呟いて苦笑した。

「おっかさんは、自分たち母子《おやこ》を捨て、借金まで押し付けて出て行ったおとっつぁんを憎んでいたから……」

おきみは、大工だった父親が、自分たちをどん底に突き落としたのだと、これまでの経緯《いきさつ》を掻《か》い摘《つま》んで話した。

爺さんも身につまされるのか、息をころして聞いている。

「でも私、政蔵さんは、おとっつぁんのようなひどい人ではない、それだけは信じているの。おきみちゃんを幸せにする、そう言って約束してくれたんだもの」

爺さんは、大きく息をつくと、顔を上げておきみに言った。

「おきみちゃんというのか、おめえさんは……。おきみちゃん、あんたが、信じているんだったら間違いねえと俺は思うよ。あんたのおとっつぁんは箸にも棒にもかからねえつまらねえ男だったようだが、世の中、そんな酷《ひど》い男ばかりじゃねえ」

「そうよね……お爺さん、ありがとう」

おきみは、ほっとした顔で言った。

三

「おっかさん、今日はおっかさんに報告があってやってきました」

おきみは、母の墓前で手を合わせた。

おきみの側では政蔵が神妙な顔で手を合わせている。

その横顔に目を走らせて、おきみは、

「私、この人と所帯を持ちます。政蔵さんと言います……歳《とし》は私より三つ上の二十三歳……」

それから先の言葉は、心の中で母に伝えた。

――政蔵さんは親方のところで長い間修業をしていた人で、お金はありません。でも鑑札を授かれば一人前の飾り職人として仕事が出来るのです。私、そのお金を、おっかさんが遺してくれた中から、政蔵さんに渡してあげようと思っています。許してくれるわね、おっかさん。

おきみは報告を終えると、政蔵と顔を見合わせて微笑《ほほえ》んだ。

一番大事な儀式が終わったという思いだった。

「おっかさんは許してくれただろうか、心配だ」

政蔵は言った。

「私が好いた人だもの、おっかさんは応援してくれている筈よ」

「ならいいんだが」

二人は、もう一度手を合わせると、墓地の出口に向かった。

並んで歩きながら、

「それはそうと、おとっつぁんはどうしたんだい」

政蔵は、墓地を出たところで、ふいに訊いた。

「死んだのよ、私が八歳の時にね」

おきみは、慌ててそう言った。

「死んだ……墓は？」

政蔵は墓地の方を振り返った。

「おとっつぁんの墓は深大寺《じんだいじ》にあるの。おとっつぁんの実家が深大寺だからね」

おきみは、言葉がつっかえた。

父親が死んだと嘘《うそ》をついたからには、更に嘘で塗り固めることも仕方がない。ただ、父親の実家が深大寺にあるのは嘘ではなかった。おきみも幼い頃に、二度ほど行ったことがある。

「おっかさんが亡くなった時にはもう、向こうの親戚《しんせき》とは縁が切れていたし……それに遠いから」

「そうか、じゃあ、おとっつぁんの事は、あんまり覚えていないんだな」

「ええ、でもなぜだか、ひとつだけ覚えていることがあるの」

「へえ、何だい？」

政蔵は優しげな目で訊いた。

「そんな大した話じゃないんだけど……」

おきみは苦笑する。

だが、政蔵の顔がその話を待っていると見たおきみは、たったひとつの思い出を話した。

それは遠い昔の、深大寺の祭りの夜だった。

幼いおきみは、両親と三人で参道を歩いていた。右にも左にも子供が欲しがるお菓子や人形や、とにかくさまざまなものが売られていて、おきみは声を弾ませ、目をきょろきょろさせていた。

すると境内の中ほどで笛の音と小太鼓の音が聞こえてきた。

おきみは、そこに向かって走って行った。

「危ないよ！」

母の声が飛んで来て、うんっと走りながら後ろを振り返って頷いたその時、石ころに躓《つまず》いて転倒した。地面に叩《たた》きつけられるように転んだ。

おきみは大きな声を上げて泣いた。

すぐに父親が駆けてきて、おきみの涙を掌《てのひら》で拭《ふ》き、背中におぶされと促した。

おきみは父親の背中にしがみ付いた。

その時、父親の首のうしろに、大きなほくろがあったのを覚えている。そら豆ほどの大きさだった。

おきみは父親の逞しい背中で揺られながら、頭を父親の肩に預け、その手は、父親の首のほくろをくりくりと撫《な》でていた。

「覚えているったって、それだけなのよ」

おきみは小さく笑った。

ずっと憎んで来た父親だが、今改めて思い出をたどってみると、胸がちょっぴり締め付けられる。

「いいじゃねえか。俺なんて何もないぜ」

政蔵は寂しげに言った。

「前にも言ったけど、俺は深川にいる伯父さんに育ててもらったんだが、誰かと血の通うような思いなんぞしたことがなかったな」

政蔵は、下を見ながら歩いている。

「でも今は私も一人ぽっち、お互い一人ぽっち同士だけど、二人合わせれば一人前、もう他人を羨《うらや》むことなんてない、そうでしょ」

おきみは立ち止まって笑う。

政蔵も笑って応じると、おきみは政蔵を境内の参道に待たせて、一人で寺の庫裡《くり》に向かった。

そう、この寺は、おきみの母親のおしげが差加金を預けてある妙行寺だったのだ。母の墓をここに建てたのも、差加金が縁だった。

おきみは二日前、一人でここを訪ねている。

そして寺の大黒さんでおのぶという人に頼んで、出資している金から十両を引き取りたいと申し入れていたのである。

庫裡で大黒のおのぶから布に包んだ金を受け取ると、おきみは小走りして政蔵の元に戻り、政蔵の手をとってその包を掌に載せた。

「何だ、これは……」

政蔵は、驚いた顔でおきみを見た。

「お金です。十両あります。おっかさんがここのお寺に差加金を預けてあったんです。このお金で鑑札を授かって下さい」

「冗談じゃねえや」

政蔵は怒った顔で突き返した。

「俺はそんなことで、あの話をしたんじゃねえんだ」

「分かってる」

「分かってないな。俺はね、そういう事情だから、しばらく待ってほしいと、ただそう言っただけだ。住まいだって俺が今住んでるのは親方の家の近くで、いやそれはいいんだが、めっぽう古くて新しく所帯を持つ長屋じゃねえ。親方の近くは近くでも、二人の門出にふさわしい長屋を借りたいじゃないか。いよいよ一緒になろうと思うと、そういう事が分かって来て、そのことを理解してほしかったんだ」

「じゃあ聞くけど、どれだけ待てばいい？」

政蔵は言葉を詰まらせた。

「一年……二年……それとも三年かしら。いいえ、もっと待たなきゃならないかもしれないでしょ」

「分からねえよ、だけども俺は、おきみちゃんが好きな気持ちに嘘はねえんだから。だからさっきも、おっかさんに約束したんだ。少し先になるけど一緒になったら幸せにするって……」

「だったらお願い、これを使って……」

おきみは、もう一度政蔵の手に十両が入った布の包を握らせた。

「……」

「本当に私のこと、考えてくれているんだったら使ってほしいの。だって私はもう若くないもの」

「おきみちゃん」

「赤ちゃんだってほしいし、親子が揃《そろ》って笑える暮らしをしたいの、それが長年の夢だったの、私……」

じっと政蔵の顔を覗き見る。

政蔵は、しばらく手にある布の包を見詰めて考えていたが、

「本当にいいのかい？」

真剣な光を宿した目で言った。

おきみは、大きく頷《うなず》いた。

「すまねえ、恩に着るよ、おきみちゃん」

政蔵は、熱いものがほとばしるような声で言った。

「えっ、政蔵さんにお金を渡したって本当なの、それ……」

おくらは驚いて訊き返した。

きょとんとしているおきみに、今度はおれんが訊いた。

「飾り職人の政蔵さんだったよね。親方は本所相生《あいおい》町の藤次郎《とうじろう》さん、そして十三歳まで育ててくれた伯父さんの家っていうのが深川の蛤《はまぐり》町にある、それで間違いないんだろ」

「ええ……」

怪訝《けげん》な目でおきみは頷く。

「それね、ぜーんぶ嘘、おきみちゃん、その話ぜーんぶ嘘なのよ」

「おれんさん……何言ってるんですか……全部嘘だなんて、そんな馬鹿な」

「じゃあ聞くけど、一度でも親方のところとかさ、伯父さんのところとか、連れて行ってもらった事があるのかい？」

「……」

おきみは、まだ二人が何を言おうとしているのか合点《がてん》がいかなかった。

おれんとおくらに、政蔵というい人が出来て、近々一緒になると報告したのは五日前。いったい何があったというのか。

「いいかい、心静かに聞いておくれ。あのね、あたしとおくらさん、それにあんたも知ってるおつたさんなんかにも手伝ってもらってさ、政蔵さんてどんな人だろうって、さぐりを入れたって訳よ」

「おれんさん……」

おきみは言葉を呑《の》んだ。

「そしたらなんと、心配なことばっかり出て来たって訳さね。確かに、藤次郎親方のところには弟子入りして、ついこの間まで仕事を手伝ってたらしいのよ。だけども、一月前に親方の元を離れてるの」

「まさか、そんな筈ないわ」

「あるのよそれが」

言ったのは、おくらだった。

「親方のところには私が行ったから話すね……」

昨日おくらは藤次郎の仕事場を訪ねた。

むろん夜鷹《よたか》をやってるなどと悟られないように、おれんたちに手伝ってもらって、化粧にしても着るものにしても大騒動で町の堅気の女房姿に変身し、話し方まで練習して向かったのだ。

政蔵という男にじかに会って、おきみの将来をくれぐれも頼もうと思っていた。

ところが、政蔵はもう既に藤次郎の弟子ではなかったのだ。

鑑札を貰《もら》ったからじゃない。貰う寸前に自分から親方のところを離れて行ったのだという。

おくらは、おきみという知り合いの娘が政蔵と一緒になることを約束している、鑑札も受けた筈なのにどうなっているのだと食い下がった。

すると、親方の代わりだと言って年嵩《としかさ》の弟子が出てきて、これには訳があるのだと打ち明けたというのだ。

「その訳だけどさ……」

おくらは、気の毒そうな顔でおきみを見ると、

「掟《おきて》を破ったんだよ、悪所に通えば破門っていう掟をね」

「……！」

「政蔵さんて人は、博打場に借金を作っていたらしいんだ。その取立ての男が仕事場にやってきてさ、政蔵さんは親方から大目玉をくらったらしいね。で、翌日から顔を出さなくなったって……」

「伯父さんの話もね、それはおつたさんが深川に行ってくれたんだけど、蛤町にね。裏長屋を軒並みあたってみたけど、そんな人はいなかったって言ってるんだよ」

「ああ……」

おきみは、突然めまいに襲われてしゃがみこんだ。

「おきみちゃん、しっかりおしよ」

おくらとおれんは駆け寄った。

おきみを両側から支えながら、

「ごめんよ、こんな事を言うつもりで政蔵さんに会いに行った訳じゃないんだけどね。でも黙っている訳にもいかなくて……」

「いいんです、すみません」

おきみは、乱れた髪をかき上げると、よろりと立ち上がって樽《たる》の腰掛に座った。

政蔵に裏切られたという衝撃は、昔父親に裏切られたあの時の衝撃と重なって、おきみは息が止まりそうだった。

いや、それだけではない。

おきみは、母の墓に参ったあの日、政蔵と柳橋の出合茶屋で結ばれたのだった。

ぎこちなく、一刻を争うような無我夢中の交わりだったが、力尽きて体を並べて横になった時、それまで味わったことのない政蔵との深い繫《つな》がりを、体の芯《しん》から感じていた。

——もうこの人とは離れられない。

おきみは、政蔵の心の臓の鼓動を感じながら、そう思った。

それから何日も経《た》っていない。

おきみの体には、あの時の政蔵との激しい抱擁の残り火が時折まだ押し寄せている。その余韻は、誰かに見られていなかったかしらというような恥ずかしさとともに、政蔵の姿をずっと追い求めてもいるのである。

おれんたちが言った政蔵の話は、どれも到底納得できるものではなかった。

おきみの動揺に気づいたおれんとおくらは、どうやら政蔵とおきみの仲を察したらしい。しばらく困った顔をして見守っていたが、まもなくおれんが思い直したように言った。

「ただね、おきみちゃん。政蔵さんは親方の店を出るまで、本当に熱心に仕事をしていたらしいんだ。鑑札も確かに受けられるまでになっていたらしいからね」

「……」

「だから、まだ救いはあるよ。そんなに思い詰めないで……」

「ありがとう、おれんさん。私、この目で確かめます。政蔵さんの所に行ってみます。会ってあの人の口から直接話を聞いてみます」

おきみは言った。

「そうだね、そうしなよ。あたしたちも何でもするからね」

二人がそう言って堤に向かうのを見送ると、おきみは屋台を片付けた。

こんな気持ちで甘酒は売れないと思った。

屋台を片付けながら、おきみは二人の話に抗《あらが》いたい自分がいるのを、どうしようもなかった。

おきみの心の中の政蔵には、疑うところは微塵《みじん》もない。

政蔵に出会ったのは一年前のこと、柳原通りに買い物に来た政蔵が、おきみの店に立ち寄って甘酒を飲んだのがきっかけだった。

政蔵は中肉中背の体つきだが、顔には気力が漲っていた。着ているものは着古したものだったが、白い歯をみせて笑った時の清潔感は、おきみにはとても好ましく見えた。

政蔵は、それからたびたび店に来るようになった。

月に一度が十日に一度になり、それが五日に一度になった時、二人は互いに魅《ひ》かれあっていることを知ったのだった。

そして、つい最近だが一緒になる約束をした。

これまでの事に、嘘とかたくらみとか、紛れ込む余地はこれっぽっちも無かったと思っている。

――もう後には引けない。

おきみは、気持ちが固まって行くのを覚えた。

四

「政蔵さん……今日も早くに出かけたようだよ」

女房は言った。洗濯した浴衣《ゆかた》を両掌でパンパンと叩いて、ちらっと政蔵の家の前で思案しているおきみを盗み見る。

張り渡した縄に浴衣を掛けて伸ばしていたが、気になったらしく手を止めて、おきみに近づいて来て言った。

「待ってても、きっと帰ってくるのは夜だよ」

「どこに出かけたか知りませんか」

「さあね、きっと伯父さんを探しに行ったんだろうよ」

女房は皮肉を込めた声で言った。

「伯父さんて、深川の伯父さんのことでしょうか」

「深川かどこかは知らないけど、なにしろこの数か月、たびたび政さんのところにやってきてさ」

「ここへ……」

おきみは、長屋の戸に視線を投げた。

「そっ、お金をね、無心にきてたんだよ」

女房は、耳打ちするように言う。

「……」

そのお金があの十両なのだろうかと、ちらりとおきみが思った時、

「伯父さんて人はね、一人でやって来る時もあるけど、付馬《つけうま》を連れてやって来るから、そりゃあ政さんは困ったろうさ。だってこんなこと言ってはなんだけど、政さんはずっと親方の厄介になっていて、まだ独り立ち出来ちゃいない。そんなにお金がある訳ないんだ」

おきみは頷いた。

それを見た女房は、おきみが政蔵と近い仲にあると分かったか、ぶちまけるように、

「いつだったか、その伯父さんとやらと大げんかした事もあったんだよ。伯父さんて人は、俺がお前を育ててやったの、誰のお蔭《かげ》でいまここに生きているんだのなんて喚《わめ》いてさ。可哀想《かわいそう》というか、気の毒というか、でも政さんはそんな事言われた日にゃ、逆らえないんだろ。黙って聞いて、家の中から有り金全部渡すのさ」

「……」

「あたしはね、一度言ってやったことがあるんだ。あんな伯父さんはうっちゃって、どこかに黙って引っ越しなって。でも、そんな金はねえよって笑ってさ。そのうちに親方の手を離れたら手間賃もたくさん入る。その時にはそうするよって、笑っていたね。ところが……」

女房は、唾《つば》をごくんと飲みこむと、

「何日まえかな、今度はやくざのような男が来てさ、おまえの伯父さんの使いで来たんだって……それで政さんはそこの戸口でお金を渡していたようだね。何か捨て台詞《ぜりふ》を言ってその男は帰って行ったけど、その時政さんの顔を見たら真っ青だった。よほどの事を言われたんだよ」

「……！」

驚いた目で見たおきみに、女房は話を続けた。

「ありゃあ博打《ばくち》うちだね、あたしはそう見たよ」

「伯父さんを探しているのは、それからですか」

「そう、政さんはここ数日、朝から晩まで伯父さんを探してるようだね……ところであんた、政さんとはどういう？」

「私は、おきみと言います。政蔵さんの知り合いです」

「やっぱりそうかい、あんたがおきみさんかい……」

にやりとしておきみの体を眺めまわすと、

「一緒になるって人だろ」

興味深そうな目で訊《き》いて来た。

「ええ、まあ」

「たいへんだね、あんな伯父さんがいちゃあ」

女房は、洗濯物を縄の上で伸ばし始めた。

「すみません、おかみさん、政蔵さんに伝えていただけませんでしょうか。おきみが来ていたって」

おきみは長屋の女房に頼むと、肩を落として長屋を出た。

この足で深川の蛤町まで行ってみようか……そう思って二度ほど立ち止まって足を南に向けてみたが、思い直して両国までとぼとぼと歩いて来た。

蟬《せみ》の抜け殻のように心は空虚《うつろ》で、道行く人も色あせて見える。

誰の世界でもない、この世は政蔵と自分の幸せを見守ってくれるためにある、そんな有頂天だった心が、一夜にしてこんな虚《むな》しいものになってしまった事が信じられない。

おきみは、両国の橋の上で欄干にもたれて、大きなため息をついた。

死を覚悟した母に連れられて、さ迷い歩いた子供の頃に、一足飛びに連れ戻されたような気がした。

大川にはいくつもの物見遊山《ゆさん》の船が往来している。

皆着飾って音曲を鳴らし、酒を酌《く》み交わして、この世を謳歌《おうか》しているように見える。

——負けるものか……。

おきみは、ぐっと歯を食い縛った。途端に双眸《そうぼう》に温かいものが膨れ上がってきた。

慌てて指の腹で目頭をぬぐったその時だった。

「おきみちゃんじゃねえか」

背後から声が掛かった。

振り向くと、あの爺《じい》さんが立っていた。

「どうしたんだ、これから店に行こうと思っていたところなんだが……」

爺さんは言い、案じ顔でおきみを見た。


二人はまもなく、両国広小路《ひろこうじ》の側にある両国稲荷《いなり》の境内にいた。

古びた縁台に座って、爺さんはおきみの話を黙って聞いていた。

「そういうことなの、何がどうなっているのか、さっぱり分からなくて……」

「……」

「でも私、政蔵さんが私を騙《だま》していたなんて風には思ってないの、いえ、思いたくないんです」

爺さんは頷いた。

「ただ……」

おきみは、胸の内を整理しかねて、きれぎれに言った。

「どうして私に何も打ち明けてくれなかったんだろうって……本当に私のことを好いてくれているんなら、話してくれてもよさそうなものじゃありませんか。いいえ、お金のことを言ってるんじゃないんです。それほど信用がなかったのかと思うと悔しくて……」

「それは違うな」

爺さんは、ぽつりとつぶやく。

「違う……」

おきみは、爺さんの横顔に顔を向けて聞き返した。

「政蔵さんて人は、あんたを好いているから、話が出来なかったんだ。心配を掛けたくねえ。好いた女に自分の悪いところは見せたくねえ。なにもかも解決してから話せばいい……そう考えているうちに、相手もある事だ。だんだん深みに嵌《は》まっちまったというか、嵌められちまったというか、にっちもさっちもいかなくなった、そういう事じゃあねえのかい……」

「……」

「今政蔵さんは落ちてしまった谷底から、必死で這《は》い上がろうとしているんじゃあねえのかい……そうにちげえねえ」

「……」

「俺にゃ見えるぜ、その姿がよ」

「見える？」

「ああ、見えるともよ……あんたにゃ見えねえかい？」

おきみは返事に窮した。

「まあいいや、こりゃ俺の独りよがりかも知れねえな。身に覚えのある、俺の思い込みって奴《やつ》かも知れねえ」

「……」

おきみは苦笑した。

爺さんの言った子細は分からないが、妙におきみの気持ちを鎮《しず》める重々しいものがあった。

二人はしばらく、黙って川風に揺れる緑色のもみじの葉を眺めていた。

通りすがりの婆さんと孫娘だろうか、境内に入って来て稲荷に手を合わせ、手を繋いで帰っていく様子も、二人は黙って眺めていた。

爺さんが口を開いたのは、婆さんと孫娘が帰ってまもなくの事だった。

「政蔵さんが弟子入りしていたのは、相生町の藤次郎っていう飾り職の親方……で、政蔵さんの住まいも同じ町の裏店《うらだな》と言ったな」

「ええ」

「分かった、この俺が当たってみるか」

「お爺さんが……」

おきみは、驚いて顔を上げると、

「無理よ、やくざなんかが関わっているらしいんだもの」

「大丈夫だ、おきみちゃんが考えているほど老いぼれてもいねえつもりだ。まっ、二、三日、待っておくんなさい」

「でも……」

「俺はな、おきみちゃんにいい人がいると聞いて、嬉しくってな」

爺さんは、懐《ふところ》から油紙に包んだものを出して、おきみの膝《ひざ》の上に置いた。

「お祝いだ……」

「お爺さん……」

会った時から爺さんの胸が妙に膨れていると思っていたのだが、それがこれだったのかと、膝の上の包に手を遣《や》った。

——下駄だ……。

と、おきみは思った。

胸をおどらせながら包を開くと、

「まあ……」

木肌の美しい下駄が現れた。鼻緒は赤紫のびろうどで、なんともしっとりした表情をしている。履き心地もよさそうだった。

「作ってくれたんですね」

おきみは下駄を両手で取り上げた。人肌の温かみがある。爺さんの胸の温かみだと思った。

「半年もかけりゃあ塗りの下駄にもなるんだが、この年だ、いつあの世に行くかしれたもんじゃねえからな」

「いいえ、とても気に入りました。この下駄《げた》を頂いて、私、政蔵さんときっと一緒になれる、そんな気がします。本当にありがとうございました」

おきみの言葉に嘘はなかった。

他の誰が、こんな自分の手で作った下駄をくれるだろうかと思った。

「礼をいうのはこっちの方だ」

爺さんは腰を上げた。そして、じゃあなというように片手を上げると、背を見せて帰って行った。

おきみは下駄を胸に抱いたまま、爺さんの頼もしい背を、見えなくなるまで見送っていた。

五

おきみは、屋台の樽の腰掛に座ってぼんやり薄闇《うすやみ》を眺めている。

文月に入り昼間の日差しは荒ましいが、夕刻から柳原堤に舞う蛍の数は一層増したようだ。

おきみは、乱舞する蛍を眺めながら、母の口癖を思い出していた。

「力を抜いちゃ駄目だよ。一文二文が勝負なんだから……」

昔は夏場に甘酒を売ることはなかったそうだが、近年はどこの甘酒屋も店を開けている。

ただ、汗を流してでも甘酒を飲みたい、そういう人たちがいるとはいえ、売り上げは寒い季節に比ぶべくもない。

母おしげの言葉を守って店もこの屋台も出しているおきみだが、その頭の中は、政蔵に対する不信から解き放たれることはなかった。

おきみが政蔵の長屋を訪ねてから五日が過ぎた三日前のことだ。

おきみは何の連絡も寄越さない政蔵に業《ごう》を煮やして、再び政蔵の長屋を訪ねてみた。

ところが、政蔵はまた留守だった。

怒り半分、落胆半分、下駄を蹴《け》って踵《きびす》を返した時、あの女房が家から出て来て、

「政蔵さんから預かっていたんだよ。あんたがまたここに来たら、渡してほし

いってね」

女房はそう言って結び文をおきみに渡したのだ。

おきみはそれを握って急いで長屋を出、両国の人ごみの中で文を読んだ。

心配かけている。すまねえ。

事情があって、所帯を持つのは難しくなった。

許してくれ、おきみ。

金はいつか必ず返す。

おきみへ

まさぞう

おきみは、呆然《ぼうぜん》と立ち尽くした。

文には確かに政蔵の真情が感じ取れる。

谷底から必死に這い上がろうとしている男の姿が見えると言った爺さんの推測は間違っていない……そう思わせる切実なものが感じ取れた。

だがおきみは、それをこの目で確かめたい。政蔵に会って、政蔵自身の口から、その事情とやらを聞きたい。

——どうしてそれが出来ないのだろう……。

そう思うと、おきみの胸の内で、またぞろ政蔵への不信の念が湧《わ》いて来るのをどうすることもできなかった。

——あの爺さんは政蔵さんの事を買い被《かぶ》っているのではないか……。

政蔵とのこの先は、暗い夜道を見ているように思えたが、あの下駄、爺さんが作ってくれた下駄だけは、長屋の母の位牌《いはい》の前に置いてある。

政蔵との事がどうなっても、本当に自分が幸せを摑《つか》んだその時に、あの下駄は下ろそうと決めている。

今のおきみには、あの下駄があることで、随分と癒《いや》されているのだった。

おきみは大きく息をつく。果てのない繰りごとから我に返ったその時だった。

「ごめんよ、あんたがおきみさんだね」

男が近づいてきて、腰から十手を取り出して見せた。年のころは三十前後というところか。

「深川いったいを預かっている辰之助《たつのすけ》というもんだ。すまねえが、屋台を閉めて海辺《うみべ》大工町《だいくちょう》の番屋に来てもらいたいんだがね」

辰之助は有無をいわさぬ顔で言った。

何かよからぬことが起こったのだろうか……騒ぐ胸を押さえて辰之助を見返すと、

「政蔵という人を知っているね」

辰之助は問い質《ただ》すような口調で言った。

「はい」

おきみは、はっきりと答えた。政蔵が怪我《けが》でもしやしないかと、内心案じていたおきみだ。案の定、

「政蔵はやくざ者に刺されてな、動けねえんだ」

辰之助は言った。

「政蔵さんが……」

おきみは、弾《はじ》かれたように立ち上がった。

「おきみちゃん、どうしたのさ」

おれんとおくらが、案じ顔で立っていた。今やってきたばかりのようだが、見慣れぬ十手持ちを見て驚いたようだった。

「ちょいと、旦那《だんな》、おきみちゃんが何をしたって言うのさ」

早速おくらが辰之助に食って掛かった。

「何だ、おめえは、夜鷹じゃないか」

辰之助が苦笑いして返すと、

「この娘の懇意の者だよ。それが夜鷹じゃまずいのかい」

今度は、おれんが嚙《か》みついた。

「おれんさん、政蔵さんが刺されたって知らせにきてくれたんです」

おきみが、慌《あわ》てて説明すると、

「なんだって、政蔵さんの命は……命は大丈夫なのかい？」

おれんは目を剝《む》いて辰之助に訊いた。

「分からねえ。政蔵は、医者の治療を受ける前に、おきみという名と、この屋台を教えてくれたんだが、薬のために、あっしが出てくる時には眠っていた。大丈夫だとは思うがね」

「何てことなの」

おきみは悲痛の声を上げる。

「他にも死人が出ているんだが、おめえさん、そっちの顔も確かめちゃあくれねえか」

「死人が……」

ぎょっとして辰之助を見返したおきみに、

「おきみちゃん、早くお行き。ここは二人で片付けとくから」

さあ早く早くと、おれんとおくらは、かわるがわるに言った。

「じゃあ、お願い」

おきみは慌てて前垂れを外すと、辰之助の後ろについて深川に向かった。

おきみが、辰之助と番屋に着いたのは夜の五ツ半頃だった。

「こっちだ、まずは政蔵に会ってくれ」

番屋に入ると辰之助が、おきみに座敷に上がれと促した。

土間には遺体が二つ、戸板に乗せられ菰《こも》をかぶせられている。だがおきみは、それを一瞥《いちべつ》しただけで、座敷に上がり、更に番屋の奥にある板の間に案内されて入った。

「政蔵さん……」

おきみは、髪が乱れ、肩口を包帯で巻いて寝かされている政蔵の変わり果てた姿に驚いた。

「そなたがおきみか」

政蔵の枕《まくら》もとにいた同心が訊いた。白髪の混じった五十過ぎの男だった。

「はい、おきみでございます」

神妙に頭を下げると、

「こちらが北町の土屋《つちや》さまだ。土屋惣五郎《そうごろう》さまとおっしゃる」

辰之助が紹介してくれた。

「幸い政蔵は命を取り留めたようだが、危ないところだった。政蔵を刺した男は、回向院《えこういん》前の絵草紙屋の二階を博打場にしている滝蔵《たきぞう》という男の子分で直助《なおすけ》という男だ。この男は、賭場《とば》で借金を作った者たちへの取立てをやっておったのだ。凶暴な奴だ。これまでにも二人ほど殺傷して、町方も奴に目をつけておったのじゃ」

土屋という同心は淡々と言った。

そのあとを岡っ引の辰之助が説明してくれたが、それによると、政蔵の伯父にあたる富之助《とみのすけ》という男が、滝蔵の賭場で十五両もの借金を作った。

そこで直助が富之助を連れて、政蔵が弟子入りしていた藤次郎の所に押し掛けた。

伯父の富之助の命を盾に、政蔵を脅したのだ。

政蔵は十両の金を出した。だがまだ五両が足りぬ。

再三政蔵に督促するうちに、伯父の富之助が江戸から消えてしまったのだ。

直助の政蔵に対する取立てはいっそう厳しくなって、とうとうこの海辺大工町の河岸で摑みあいの争いになり、政蔵は直助に匕首《あいくち》で肩口を刺されたというのだった。

辰之助は、苦々しい顔で話を継いだ。

「往来の者が争いに気づいて番屋に報《しら》せてきたんだ。それであっしが飛んで行ったら、倒れた政蔵のすぐ側に、直助ともう一人、鑿《のみ》を握って倒れている爺さんがいたんだ。野次馬の話じゃあ、直助が政蔵に馬乗りになり、匕首を振り下ろそうとしたその時に、この爺さんが飛び込んで来て、直助の背中に鑿をぶち込んだって言うんだな。直助と爺さんは互いを切りつけ、切られて、とうとう二人とも死んじまったという事だ。それで政蔵だけが、かろうじて生き残ったという訳だ」

おきみは驚いた顔で土間に目をやった。

「爺さん……」

おきみは呟《つぶや》くと立ち上がり、土間に出た。

「爺さんと、政蔵とどういう関係があったのか……」

同心の土屋も問いかけながら土間に出て来、小者に菰を捲《めく》るように顎《あご》をしゃくった。

小者が菰を捲った。

おきみは、思わず声を上げた。

「あっ……」

目の前で胸を血だらけにして死んでいるのは、あの爺さんだったのだ。

「知っているのか」

土屋が、おきみの顔を覗《のぞ》く。

おきみは大きく頷くと、二か月ほど前の爺さんとの出会い、そしてその後の関わり合いを掻《か》い摘《つま》んで話した。

「そうか、一椀の甘酒を爺さんに……」

「……」

「よほど爺さんの胸にはしみたようだな。そうでなければ、この凶暴な直助に飛びかかるなんて出来るもんじゃねえ」

土屋は言い、自身も深く頷いて爺さんの顔をまじまじと見た。

爺さんは黙って目をつむっている。聞こえているようにも見えるが、血の気の無くなった白い顔は、爺さんが生きていない証拠である。

土屋が、爺さんの顔を見詰めたまま言葉を加えた。

「窮鼠《きゅうそ》猫を嚙むっていうことわざがあるが、爺さんはしゃにむに直助に飛びかかって行ったようだ。あんたのためだったんだな。あんたのために政蔵を助けようとしたんだ、爺さんは……」

——ありがとう……。

おきみは、爺さんの死に顔に頭を下げた。

「しかし、この爺さんが人助けのために、命を捨てるとは……昔の爺さんを知っている俺には感慨深いものがある」

土屋は、しみじみと言った。

「土屋さま、この人の昔……この人、どういう人だったんでしょうか」

おきみは顔を上げて土屋に尋ねた。

「うむ、もうずいぶん前の話になるがな、この爺さんも、俺もまだ若かったころの話だが、この爺さん、ならず者に襲い掛かって大怪我を負わせたんだ、捕まえたのが俺でね」

土屋は、引出しの奥から記録を引っ張りだしてきたような、懐《なつ》かしさの混じった目で話し始めた。

当時男は、賭場で借金を作り身動きできなくなっていた。

厳しいやくざの取立てに遭い、男はそのやくざに、女房娘がいるのなら、吉原か岡場所に売って金に替え、その金で返済しろと脅されていた。

男は、怒った。賭場に足を踏み入れたのは自分が悪いが、一度踏み込んだら二度と抜けられないように細工して、脅し半分で借金をさせたのは、賭場を差配するやくざ者たちではなかったのか。

金をむしりとるのに手段を選ばぬやくざ者から逃れる術《すべ》はない。

このまま黙っていれば、必ず妻子に難儀がかかる。奴らは腕ずくで狙《ねら》った物は手に入れる。

そう考えた男は、妻子に黙って家を出た。

入念に計画を練り、ある夜、自分の方からやくざ者に襲いかかって行ったのだ。

だが、敵もさる者、血なまぐさい現場を何度も踏んできているやくざ者は、男の刃《やいば》を撥《は》ね除《の》けた。

深川の御船蔵《おふなぐら》の前で死闘を繰り広げた末に、男はやくざ者の太ももを匕首で深々と刺した。

「丁度そこに俺が通りかかったのだ。やくざの命に別状はなかった。だが、やくざは所払いになり、この男は石川島の人足寄場に送られたのだ」

「人足よせば……」

おきみは、自分の知らない爺さんの過去に驚いていた。

土屋が話を続けた。

「人足寄場では五年ほど暮らしたと聞いている。島を出てきた時に俺に会いに来た……」

「……」

「そして、これからまっとうに暮らしますと約束してくれたんだ。爺さんは石川島で下駄職人の修業をしたと聞いている。人足寄場を出てからは、浅草の裏店で、地方から出て来た物見遊山相手の土産物の下駄をこしらえ、店におろして暮らしていた筈《はず》だ」

「お役人さま」

おきみの顔は強張《こわば》っていた。

「このお爺さんの歳《とし》は……名前は、なんというのでしょうか」

「歳は、まだ六十にはなってない筈だ、五十半ばかな。このように老《ふ》けて見えるのは、身なりを構わないということもあったろうが、日の当たらぬ場所を選んで、貧しく暮らしてきたからだろうよ」

「……」

おきみは、爺さんの顔をじっと見つめた。

そんな修羅場をくぐり抜けてきたとは思えない安らかな死に顔だった。

何もかももう過ぎたことさ……そうそぶく爺さんの声が聞こえてくるような気がする。

土屋も爺さんの顔を見ながら言葉を加えた。

「名は、儀助《ぎすけ》だ」

「儀助……」

そんな筈はない、とおきみは思った。

おきみは咄嗟《とっさ》に、爺さんの遺体に手を伸ばした。

「おい、何をするんだ」

辰之助が制する声を上げた。

だがおきみは、爺さんの頭を抱え上げ、左手でそれを支えると、右手を爺さんの首の後ろに差し入れた。

「！……」

おきみの手は、いそがしく爺さんの首のうしろをまさぐった。しかし大きなほくろが触れることはなかった。

——そんな筈があるものか……。

おきみは心の中で叫んだ。

爺さんの頭をもとに戻して、おきみは目を見開いて、爺さんの顔を見なおす。

——おとっつぁんだ……私のおとっつぁんだ。

おきみの脳裏に、ある景色が浮かんでいた。

それは、母親から父親が家を出たことを知らされたあとのことだ。おきみは家を出て行く父親の後ろ姿を見ていたのを思い出した——。

背中を丸めて、前を睨《にら》むようにして、夜のとばりの中に消えて行った父の後ろ姿をおきみは見ていたのだ。

その後ろ姿はおきみにとって長いこと、勝手気ままを貫いただけの憎しみの対象でしかなかったものだ。

だが、その背には、本当は家族を捨てることを余儀なくされた男の覚悟と悲哀とがこめられていたのではなかったのか。

幼いおきみには、それが見えなかっただけではなかったのか。

――この目の前の爺さんだって……。

甘酒を飲んで帰って行く爺さんの後ろ姿には、あの時の父の後ろ姿と同じような哀《かな》しい色合いを感じていた。

その爺さんが、自分のことを誰にも分かって貰《もら》えないまま逝《い》ってしまったのだ。

「どうしたのだ……」

土屋がおきみのただならぬ形相に気づいて訊いた。

「おとっつぁんです」

おきみは、静かに言った。

「何……この爺さんが父親だと……」

「はい、この人、私のおとっつぁんです」

そう断言した途端、おきみの目から大粒の涙が零《こぼ》れ落ちた。

永代橋

一

「風さやか〜いかに渡らん百十間《ももとま》の〜川に架かれる永代橋《えいたいばし》は〜東都一の大橋なり〜〜橋の上より見渡せば〜富士、筑波《つくば》、箱根、安房《あわ》、上総《かずさ》の果てまで見ゆるなり〜〜」

毎年八月十九日になると、永代橋の西袂《にしだもと》に老婆《ろうば》が一人どこからともなくやって来て、鈴を手に鳴らしながら語り部となる。白い帷子《かたびら》に白い帯、白髪を振り乱した婆《ばば》が語るのは、十年前に起きた永代橋崩落の惨事の様子、聞くも涙、語るも涙の話である。

婆の名は分からないし、婆がここに姿を見せるのもこの日だけ。何者なのか、どんな暮らしをしているのか、誰も何も知らない。

ただ婆の語りがあまりに生々しく、立ち止まって聞き耳を立てずにはいられないのだ。行き交う人も、また橋の崩落で親しい人を亡《な》くした人も、この婆の廻りに、あっという間に人垣を作る。

「文化《ぶんか》四年〜〜八月の十九日〜〜深川八幡《はちまん》祭礼の日〜〜貴人のお船通るとて〜〜橋の両端に縄引きて人留める〜〜珍しき祭礼ゆえに大勢の人いでにけり〜〜縄は幾百人を留めたり〜〜待ちうけること半刻《はんとき》あまり、ようやく縄とれ、人々一斉に橋駆け渡る。と、まもなく、橋の真ん中より十間ばかり深川寄りで凄《すさ》まじい大勢の声聞こえたり〜〜なんとなんと、橋三間ばかりがめりめりめりと、恐ろしき音たてて落ちるなり〜〜人々は千石通しへ落ちる米粒のごとし〜〜崩れ落ちた橋の両端から人々将棋倒しのごとく重なりて落ちて行く〜〜人の上にまた人重なり〜〜次々と水の中に消えていく。この世の地獄、生き地獄〜〜見るもおぞまし痛ましや〜〜人の叫びの断末魔〜〜その声に皆耳がつぶれる心地なり〜〜」

婆は声色を替え、緩急をつけ、表情を巧みに変えて語り続ける。毎年語りの中身は多少違うが、前代未聞の事故が起きた当時の状況は、婆の声とともに臨場感あふれるひとときである。

やがて集まった人たちの間からすすり泣きが聞こえてくる。

聞くのも辛《つら》い恐ろしい語りであっても、永代橋の崩落事故は、まだまだ人々の関心が高く、足を止めずにはいられない。まして親しい者を橋の崩落で亡くした人は、婆の話の一言一句が胸に迫り、哀《かな》しみに囚《とら》われるが、その足は婆の側《そば》に釘付《くぎづ》けになる。

婆の話を最後まで聞き取るのが、亡き人たちへの供養《くよう》、そんな思いがあるのかもしれない。

「……」

人垣の最前列で腰を落とし、婆の話に聞きいっているおきわもまた、胸が塞《ふさ》がる思いをしながら、婆の話から逃れられないひとりである。

なぜなら、このおきわも十年前、日本橋にある小間物問屋『丸田屋《まるたや》』の女房として二人の子を連れ、八幡宮の祭りを見物するために、この永代橋で縄の取れるのを待っていた。

なにしろこの日の祭礼は、江戸市民にとっては待ちかねたものだった。十二年前に喧嘩《けんか》が原因で中止となり、ようやくお上のお許しが出た祭りだったのだ。富岡八幡宮の八幡祭りには、各町内からねり物、山車《だし》など、賑々《にぎにぎ》しく繰り出して来る。復活が決まったこの年の七月には、それらの番付表も売り出され、人々の関心は極致に達していた。

しかも七月十九日からは身延山《みのぶさん》の七面《しちめん》明神の出開帳《でがいちよう》が行われていて、人出に拍車をかけていた。

ところが本祭《ほんさい》の十五日は雨で順延、その後も雨は止《や》まず、四日遅れの十九日になって、ようやく開催となったのだった。さらに間の悪いことに、一ッ橋様が祭りをご覧になるために船で下屋敷に入ることになり、橋はその間通行止めとなっていたのだ。

おきわはこの日、五歳の嫡男《ちやくなん》彦太《ひこた》郎《ろう》の手を引き、三つ年上の先妻の娘おいとを連れていた。

「いいかい、おっかさんと離れてはだめですよ」

足止めの縄が取れるのを待っている間に何度も二人に言い聞かせていたにもかかわらず、おいとは縄が取れると群衆を掻《か》き分けるようにして、先を争って橋を渡って行ったのだ。

「待ちなさい、おいと！」

おきわが呼んでも、おいとは後ろを振り向きもしなかった。おいとはこの頃反抗的で、特におきわには素直な態度をとることはなく、継母《ままはは》として悩み多い日々を送っていた。

――まったく……。

おきわはため息をついて、伜《せがれ》彦太郎の腕をぐいと摑《つか》み、おいとの後を追いかけた。ところが、橋半ばを過ぎたところで人々の絶叫を聞く。はっとして前方を見ると、まるで吸い込まれて行くように人々が消えていくではないか。

――何事か……。

恐慌《きょうこう》をきたしたおきわだったが、

「橋が落ちたぞー！」

誰彼の叫びに、人々は消えて行ったのではなく、橋から落ちて行ったのだと気づき、おいとを探して折れた橋の近くに駆け寄った。

「おいと！」

だが、

「来てはならぬ！　皆、引き返せ！　引き返せ！」

一人の同心が股《また》を広げ刀を抜き放って振り回し、押し寄せて来る群衆を必死の形相で威嚇《いかく》する。

——近づけば斬《き》る——

同心の血走った眼は、そう言っていた。

「わーっ」

群衆は同心の殺気に怖気《おじけ》づいて橋の袂に引き返し始めた。

それでもおきわは、橋の折れた場所まで近寄ろうとしたのだが、

「何をしておるのか、引き返せ！」

同心は、かっと目を見開き、斬りかからんばかりに怒鳴った。驚いた彦太郎が泣きじゃくる。

おきわはとうとう、引き返す群衆にもみくちゃにされながら、橋の袂まで押し戻された。

橋から落下した人たちが、次々と遺体となって舟で引き上げられる。そして、武士か町人か、絹物を着ている者か、木綿を着ている者か、それに大人か子供かなど、遺族が遺体を探しやすいように分けて寺や神社に寝かされた。

その数何百人、いや、千人とも二千人ともうわさが飛び、おきわは報《しら》せを聞いて飛んで来た亭主の忠兵衛《ちゅうべえ》とともに、おいとを探して遺体置き場をまわってみたが、おいとの姿は見つからなかった。

川の底に沈んだ者、また海に流された者も多数いると言われていて、遺体が上がらない者は諦《あきら》めるほかなかったのだ。

忠兵衛の悲しみは尋常ではなかった。気がふれたのではないかと思う程慟哭《どうこく》し、ふさぎ込んで口もきかない。むろん店には出ていたが、腑《ふ》抜け同様で番頭の助けが必要だった。

——無理もない……。

おきわは思った。

なにしろ先妻が肺を病んで亡くなった時の忠兵衛の落胆ぶりを、当時丸田屋の女中として主《あるじ》一家の世話係をしていたおきわは、目《ま》の当たりにしている。

忠兵衛は、母を亡くしたおいとを不憫《ふびん》がり、おいとが願うならなんでも与えてやるというほどの溺愛《できあい》ぶりだったのだ。

おきわが後妻となったのも、おきわなら、おいとが懐《なつ》きやすいと忠兵衛が真っ先に考えての事だった。

とはいえ、おきわが彦太郎を産んだことで、姑《しゅうとめ》も亭主も、ようやく丸田屋の内儀だと認めてくれるところまできていたというのに、おいとの死で、家の中の空気は一変してしまった。

やがて忠兵衛は、夜になると出かけて行くようになった。帰って来るのは朝方で、極力おきわと顔を合わすのを避けるふうだった。

息苦しい暮らしが半年ほども続いたのちに、おきわは姑のおまさから、こう言われた。

「おいとは自分の腹を痛めた子じゃないから、おまえはおいとが居なくなってほっとしているんじゃないのかね」

お前がおいとを殺したんだと言わんばかりの言い草だった。

おきわはいたたまれなくなって、姑に離縁してくれるように頼んだ。姑はその言葉を待っていたかのように頷《うなず》いたのだった。

ただ、彦太郎はこの家の跡継ぎとして置いていくように、それが彦太郎の為《ため》だと言われたおきわは、悩んだ末に、彦太郎が遊びに出た隙《すき》に一人で家を出たのであった。

――丸田屋に居れば彦太郎はお金で苦労することはない。着る物食べる物、趣味のたしなみも勉学も思いのままだ。自分一人の身過ぎ世過ぎも当てのないおきわが道連れにすれば、彦太郎はその全《すべ》てを失う。

ところが、店を後にしてからどれほど歩いた頃だったか、ふっと背後に気配を感じて振り返ると、彦太郎が必死でついてきているではないか。子供ながらに予感するものがあったのかもしれない。

「彦太郎……」

驚いて見迎えたおきわのところに彦太郎は走って来て、おきわの胸に飛び込んだ。

「おっかさん、行っちゃいやだ、嫌だよお……」

彦太郎は泣きじゃくる。

「彦太郎……」

おきわは彦太郎を胸から剝《は》がすと、言い聞かせた。

「おっかさんは今日かぎり丸田屋の人間じゃなくなったんですよ。だからもう丸田屋には帰れないの」

「だったらおいらも一緒に行く」

「駄目駄目、おっかさんと一緒じゃあ苦労をするから、お前はお帰り……」

「いやだいやだ、おいらはなんにも欲しがらないよ、約束する。おもちゃもいらない。お菓子もいらない。何にもいらない。だから連れて行ってよ、おっかさん……」

「彦太郎……」

おきわは彦太郎を抱きしめた。

まだ六歳の倅に、こんな事を言わせる馬鹿《ばか》な親がいるものかと、おきわは後悔にさいなまれながら彦太郎を抱きしめた。

すぐにおきわは、丸田屋に彦太郎を連れて出る旨《むね》書状を送った。

あれから十年。

おきわは毎年ここにやって来ている。ここに来れば、あの恐ろしい光景がまざまざと蘇《よみがえ》るが、目を逸《そ》らせてはいけないと思っている。おいとの死は、橋の崩落という突発的な事故ではあったが、連れていたおきわの親としての責任は、やはりあったと思うのだ。

永代橋は、崩落した翌年には架け替えられて、再び優美な姿を見せて人々の目を惹《ひ》いている。しかしおきわにとっては、この橋は苦しい思い出の場所であり、一夜にして人生を変えた場所でもあった。

語りが一服したところで、おきわは財布から一朱を出して婆さんの膝《ひざ》にのせて手を合わせた。

ここに集う者の多くが、心ばかりの謝礼を婆さんの膝の上に置く。婆さんが自分の哀しみ苦しみを分かってくれている、そう思うからだ。おきわも語りを聞き始めて三年目に、娘を失ったことを告白している。その時婆さんは、おきわの手を取り、黙って頷いてくれたのだった。

「ありがとうございました」

「おきわさんだったね。今年も来なさったか……」

婆さんが声を掛けてくれた。

「はい」

「もう十分、あんたの気持ちは届いているよ。娘さんはきっと許してくれている筈《はず》だ、安心しなされ」

婆さんから慰めの言葉を貰《もら》って、おきわは立ち上がって人垣の外に出た。

一介の、語り部の婆の言葉でも、おきわの心はほんのひととき救われた気持ちになるのだった。婆の言葉は、苦しみから逃れられない迷い人の頭を撫《な》で、前を見て生きろと背中を押してくれている。

おきわは、こみ上げて来た熱い物を呑《の》み込んで永代橋に足を掛けた。

ゆっくり歩を進めたおきわは、十年前に崩落した場所で立ち止まった。橋の上には、この場所に来るといまだに足がすくむ。そろりと欄干のそばに立った。

この夏の猛暑が嘘《うそ》のように、涼やかな秋の風が吹き抜けていた。

おきわは、恐る恐る下を覗《のぞ》いた。いつもながら橋の高さに目がくらみそうになる。この高みの間に落ちて行った人の絶叫がこだまするようで、最初の頃は逃げるようにこの場を離れたものだったが、こうして勇気を出して橋の上に止まれるようになったのは、ここ数年のことだ。

おきわは、顔を上げて、川の流れに目を転じた。

川面《かわも》は穏やかで青い水の上にはきらきらと陽の光が載り、滔々《とうとう》と海に向かって流れて行く。そしてその先には無数の船の帆が行き交って、更に遠くには大きな船が停泊しているのも見えた。

「あの日は……」

この橋の下には溺《おぼ》れる人々を救出するために両岸から船が漕《こ》ぎ出し、川面は地獄絵のようだったのだ。

おきわは川面に向かって手を合わせた。溺れ死んだ人たちの冥福《めいふく》を祈り、おいとがまだどこかで生きている事を願った。

頬に川風を感じながらしばらく瞑目《めいもく》し、おきわはその足を深川の方に向けた。

「おきわ……」

おきわは誰かに呼ばれて振り向いた。

「おまえさま……！」

驚いて見たおきわに、十年前に別れた亭主の忠兵衛が近づいて来た。

「元気で暮らしていたのか……」

忠兵衛は、おきわの形《なり》をじろりと見ると、

「一人なのか？」

それにしては小奇麗な物を身に着けているではないか、そう言いたいようだった。

おきわは、青梅縞《おうめじま》を青鈍《あおにび》に染め上げた単衣《ひとえ》の着物に茶の紬《つむぎ》の帯を締めていた。丸田屋で暮らしていた時に作った着物ではむろん無い。離縁して出て来る時に、おきわは丸田屋忠兵衛の妻として作った着物は置いてきている。持って出た着物は、奉公人として働いていた時代のものだ。

だから今身に着けている着物は、離縁の後に働いて手に入れた物だった。落ち着いた青梅縞の涼やかな色は、色の白いおきわには似合っていて、単衣の季節に外出する時には、好んでこの着物をおきわは着ている。

「再縁したんだな」

忠兵衛は念を押すように尋ねた。

「いいえ、一人です」

おきわは、むっとした。決めつけた言い方に腹が立った。

「まあいい、むきになるな。これでも心配してたんだ」

忠兵衛は、弱々しい笑みを見せた。

おきわは、おやと思った。

離縁した頃の忠兵衛は、目の端の片隅にもおきわの姿があるだけでうっとうしいという態度だったからだ。しかし今日の忠兵衛は、その頃の憎々しさも覇気もない、やつれた感じを受けた。

「まさかお前に出会うとはな。あれから十年だ、おいとの供養にと思ってやってきたんだが……」

「ええ、私もあの時、どうして手を離してしまったのか、それがずっと悔やまれて……」

その言葉はおきわの自問だった。十年間、いつもそこに立ち戻る後悔だった。

「そうか……」

と忠兵衛は神妙な顔で頷き、

「どうだ、久しぶりに会ったんだ、少しつき合ってくれないか？　橋を下りた佐賀町《さがちよう》にしる粉屋がある」

なんと、おきわを誘ったのだ。

「いえ、私は仕事が待ってますから」

「何、手間はとらせないよ。私はおまえを責めるつもりで誘っているんじゃないんだ。こうして会うのも滅多にないことだ。最初で最後だ」

忠兵衛は言った。おきわはその言葉がひっかかって思わず頷いた。

おきわは忠兵衛に従って永代橋を深川の岸に向かった。だが従ったものの、やっぱり断れば良かったと思い始める。

しかしその一方で、ふと見た忠兵衛の背が以前に比べて随分と痩《や》せているのが気になっていた。迷いながら橋を渡った。

「ほら、あそこだ、何、しる粉一杯だ」

忠兵衛は橋の袂で、そこから見えるしる粉屋の暖簾《のれん》を指した。

おきわは妙な気分になっていた。夫婦の頃には、しる粉一杯食べに出たことはなかったのだ。それが他人となって十年も経《た》った今、理由はどうあれ、他所《よそ》の夫婦か恋仲同士のように連れだってしる粉屋に入るのだ。

「あそこが空いてる」

忠兵衛は大通りに面した床几《しょうぎ》を指した。店は客の十人も座ればいっぱいの小さな店で、おきわは忠兵衛が示した床几に座った。永代橋が見える。

「……」

おきわは目を逸らして店の中を見渡した。若い女の二人連れが、空の椀《わん》を前にして楽しそうに話し込んでいる他には客はいない。

おきわは、忠兵衛の言葉を待った。しる粉が運ばれてきたが、手もつけなかった。いや、つける気にはならなかった。

忠兵衛はというと、しる粉を口に運んだものの、おきわが箸《はし》もとらずに忠兵衛の話を待っている事に気づいて、

「すまなかった」

箸を置いて忠兵衛は視線を落とした。

「お前を、あんな風に追い詰めて、申し訳なかったと思っている」

「もういいんです。過ぎたことです」

おきわは応《こた》えながら平静に言える自分に驚いていた。

「そう言ってもらえると、少し気持ちも楽になる」

「私も親として失格だったかもしれません。そう思いながら暮らしてきました。

ですから、毎年永代橋に参って手を合わせているのです」

「そうか、毎年手を合わせてくれていたのか……」

忠兵衛の声には、おきわに対する素直な感謝が表れていた。

「ええ、だって、まだ四百人近くの人たちが行方不明だと聞いています。その人たちは遺体があがった訳ではありません。ひょっとして、おいとさんはどこかで生きているのでは、そんな気がして……」

おいとさん、とおきわは、おいとを呼び捨てにはしなかった。自分の娘として育てていた頃には、絆《きずな》を繋《つな》ぐために呼び捨てにしていた名前も、離縁した今は憚《はばか》られた。

「今、なんと言ったんだ？　おいとが生きているかもしれないと言ったな」

忠兵衛は目を丸くした。顔には赤みが差していた。思ってもみなかった事を告げられた驚きと、一瞬の希望とが入り混じった顔だった。

だがすぐに、忠兵衛の顔は萎《しお》れて行った。

「生きていてくれたらどんなに良いだろうか。だが、もう諦めるしかないんだよ。だって、生きていれば何故《なぜ》家に戻ってこないのだ……そうだろう」

忠兵衛は自分を問い詰めるように言う。

「すみません」

おきわは謝った。あやふやな望みで、忠兵衛の心を乱してしまったと反省したのだ。

二人はしばらく黙って永代橋の方を眺めた。

今丁度橋の上を家族四人がこちらに向かって歩いて来る。大工の法被《はっぴ》を着た父親と木綿の縞の着物を短く着た母親が、二人の子供を連れていた。

男の子は十歳くらいだろうか、父親に何か訴えるように話しながら、時折笑いあっている。そして母親は八歳くらいの女の子と手を繋いで、こちらもおしゃべりに余念がないようだ。けっして裕福な暮らしだとは思えないが、そこには幸せの空気が満ち満ちているのが分かる。

自分たちが成し得なかった家族の光景がそこにはあった。

おきわは視線を戻して忠兵衛を見た。忠兵衛もおきわを見て、そして言いにくそうに訊《き》いて来た。

「彦太郎は元気か？」

「ええ、元気ですよ」

おきわは、さりげなく答えたものの、用心深くなっていた。彦太郎が今どこで何をしているのか教えたくなかった。今さら返せと言われても困るのだ。

「そうか、元気ならばいい。それを聞いて安心した」

忠兵衛は安否《あんぴ》を訊きだしただけで満足したようだ。

「いや、どうしているのかとずっと案じていたんだ。丸田屋を継いでもらいたいと考えていたからね。だが、今となっては、彦太郎はおまえと一緒でよかったのかもしれん、そう思っているんだ」

「今となっては……」

おきわは怪訝《けげん》な顔をした。てっきり約束を反故《ほご》にして彦太郎を連れ去ったのを責められるかと、内心びくびくしていたのだ。

「何、実は店の先行きが読めなくなったんだ」

忠兵衛は、さらりと言った。

「!……」

「彦太郎が丸田屋にいたら、苦労をさせることになったかもしれんと思ってな。いや、ありがとう。お前の様子をみれば、彦太郎が今どんな暮らしをしているのか分かる。これで安心した」

さりげない言い方の裏にある深刻さに、おきわは言葉を掛けることが出来なかった。

「実はね、さっき橋の上でおいとにも報告したんだよ。来年はここに来られるかどうか分からんからねと」

忠兵衛は苦笑してみせると立ち上がった。

「おまえさま……」

代金を置いて帰ろうとする忠兵衛に、おきわは呼びかけた。

「心配は無用だ。なんとかやるさ。それより、今日おまえに会うことが出来たのは、おいとのお蔭《かげ》だな、おいとが会わせてくれたのかもしれん」

作り笑顔でひょいと手を上げ、忠兵衛は永代橋を帰って行く。

おきわは店の外に出て、忠兵衛の背を見送った。

二

本所竪川《たてかわ》に架かる二つ目橋の南詰《みなみづめ》、松井町二丁目の角っこに、間口二間の小奇麗な二階家がある。

一階の軒には柿色《かきいろ》の暖簾を掛け、表に面した店先には障子一枚分に煙草《たばこ》の葉を大きく描き、その横に『かたりぐさ』と店の名を書いてある。

ここが、おきわが店のおかみとして采配《さいはい》を振るっている店だ。

ただこの店、おきわの物ではない。おきわはいわば雇われおかみで、経営者はこの家の地主家主で、二階で暮らしている隠居だ。

号は楽珍《らくちん》。もとは北町奉行所の同心だったが、五十前にして倅に家督を譲って楽隠居した秋山鉄五郎《あきやまてつごろう》という者だ。いや、正確に言えば同心は一代抱えで世襲ではないのだが、それは表向きで、内実は代々どの家でも世襲となっている。

そういう訳で楽珍という翁《おきな》は、好きな煙草を吸いながら、どうしても納得のいく物語を世に出したいと、同心時代に貯《た》めた金で仕舞屋《しもたや》を買い、もくろみ通り隠居したという訳だ。ところが、家はあっても日々の暮らし向きの金に事欠く。女房も無くしていたから身の回りの世話をしてくれる者もいない。

そこで、本所の料亭で仲居をしていた気働きのあるおきわを見込んで話を持ちかけ、おきわには煙草屋を営ませて、それをピンハネした金で下手な物語など書き散らし、悠々自適の暮らしをしている齢《よわい》六十過ぎの変わり者だ。

つまり二階は隠居楽珍の住まいだが、店になっている一階部分は、おきわの住まいになっていて、おきわは自分の好きなように改装している。

まず表の通りから戸を開けて土間に入ると、右手は四畳の板の間で作業場となっている。壁際《かべぎわ》には棚があり、そこには送られてきた煙草の葉が産地別に積み上げてある。

そして左半分には商品の陳列と接客をする六畳の座敷があって、その奥におきわの暮らす空間がある。こちらは六畳の座敷と横手に台所、その向こうは廊下になっていて雪隠《せっちん》と物置がある。

奉公人は女中のおすまを入れて三人。今作業場の奥で産地から送られてきた煙草の葉の荷ほどきをしているのが、手代の貞次郎《ていじろう》。その手前で大きな包丁を持って煙草の葉を刻んでいるのが、直蔵《なおぞう》という男だ。

この葉を刻む作業を『賃粉切《ちんこ》り』というのだが、煙草の良《よ》し悪《あ》しは、この賃粉切りが左右する。

おきわが煙草屋を引き受けるにあたって幸運だったのは、煙草好きの楽珍が同心時代に目をつけていた直蔵を引き抜いて来たことだ。直蔵は、御府内では十本の指に入るだろうといわれる賃粉切りなのだ。どのような葉であれ、髪の毛ほどの細さに切ってみせるので、香りや飲み心地は抜群だと評判になっている。

煙草が商品になるまでには、他にも多くの手を加えなければならず、女中のおすまも家事の他にも『砂掃き』と『除骨《じょこつ》』を担当してくれている。

砂掃きとは、送られて来た煙草の葉の埃《ほこり》を払う工程をいうのだが、葉脈を取り除くのが『除骨』、産地の違う葉を組み合わせるのが『葉組み』、それを重ねて刻みやすいように巻き合わせるのを『巻き葉』、包丁を入れやすくするためにしばらく重しで抑えるのを『押え』などと言い、さまざまな分担があるのだ。

葉組みは、どの葉をどれだけ混ぜると味わい深いものになるかを想像する感覚が必要で、おきわはこの商いを始めてから煙草を呑むようになった。呑んだ時の舌の感覚、口当たり、匂《にお》いなどは、自分が呑んでみない事には分からないからだ。

おきわの勘は確かなようで、今日もおきわは大忙しなのだ。

今も武家の隠居一人と裕福な商人の女房一人が、十種類ほどの煙草を入れて陳列している小箱の前に座り、試し飲みをしている所だ。

「どうぞ、こちらもお試しになってください」

おきわは、煙管《きせる》を持って迷っている女に言った。

その箱には『黎明《れいめい》』という名がついている。

「服部《はっとり》煙草と竜王《りゅうおう》煙草を組んだものです。値段は少しお高いのですが、一度こちらをお呑みになったお客様は、みな気に入って下さっておりまして……」

説明しながら、女客から煙管を預かって黎明の煙草を詰めてやる。

「服部煙草は摂津《せっつ》産、香りは香ばしくて上品。竜王は甲斐《かい》の国の産だ。そうだったな、おかみ」

傍の武家の隠居が言う。

「はい、おっしゃる通りです。御隠居さまもお試し下さいませ。本日刻んだところですから、香りは大変よろしいかと存じます……」

愛想よろしく隠居の煙管にも黎明を詰めてやる。

「ふむ、うまいなやっぱり。おかみ、これを貰おう」

武家の隠居が納得した顔で言ったその時、二階から女中のおすまが下りてきて、

「おかみさん、お呼びです」

おきわの耳元に囁《ささや》いた。

おきわは後をおすまに任せて二階に上がった。

「お呼びでございますか」

敷居際に座って伺うと、楽珍は書き終った物語の草稿を風呂敷《ふろしき》に包んでいるところだった。

隠居の仲間入りをしているとはいえ、楽珍は逞《たくま》しい体つきで、腰の締まり具合などはまだ現役の同心にひけをとらない。

「出かけて来る。夜食はいらんぞ。一文字屋《いちもんじや》に奢《おご》らせるつもりだ」

楽珍は風呂敷を結びながら言った。

一文字屋というのは、神田の本屋の事だ。主は治兵衛《じへえ》という人で、楽珍が同心時代からの昵懇《じっこん》の仲。多少の融通はきかしてくれると考えているようだが、おきわが察する限り、たびたび書き物を楽珍に持ち込まれて困っているのではないかと案じている。

「何、これだけの話を持って行くのだ。治兵衛も喜んで奢ってくれるだろうよ」

楽珍はぽんと風呂敷の包を叩《たた》くと、

「平岡《ひらおか》の家にも寄ってくるよ。彦太郎に何か伝言はないか」

今度は優しげな顔で言った。

「はい、他所にやった倅です。こちらからは何も……」

おきわは言った。

平岡の家というのは、八丁堀に住む同心の役宅のことだが、楽珍とは親戚《しんせき》筋で、こちらも北町奉行所の同心を拝命している。

その平岡家を今継承しているのが、なんと彦太郎なのだ。

今から二年前のことだ。平岡家の跡継ぎで伸太郎《しんたろう》という者が見習いから同心になったところで流行病《はやりやまい》にかかり、あっと言う間に亡くなった。後養子をとる暇もなかったのだ。母一人子一人で、嫁もそろそろというところだったから、母親の落胆は大きく、楽珍に相談を持ち掛けてきた。

とりあえず急がれるのは、養子を迎えて家の跡を継がせることだった。だが急に誰かと言っても、なかなか適任の者が見付かる筈もない。

楽珍はこの時、すぐさま彦太郎に白羽の矢を立てたのだった。

彦太郎はこの時十三歳になっていたが、おきわの仕事を健気《けなげ》に手伝う気働きと頭の良さは、とても十三歳とは思われず、楽珍はひそかに目を掛け、見守っていたという経緯《いきさつ》がある。

なにしろ家族の様に暮らし始めて四年近くが経っていたから、楽珍の目に彦太郎は我が子のように見えていたに違いない。

渋るおきわを説き伏せて、まずは自分の養子にし、それから平岡の家の養子としたのだった。

つまり彦太郎は、侍になっていたのだ。今年で十五歳になった彦太郎は昨年には元服し、今は北町奉行所に見習いとして出仕している。

先日永代橋で忠兵衛に会った時に、おきわが彦太郎の現況を語りたくなかったのは、丸田屋に相談もなしに養子に出したという事情があったからだ。

楽珍は、おきわの方に歩み寄ると、苦笑して言った。

「まったくお前は……たまには母親らしく、何か言葉を掛けてやればよいものを……」

「あちらには母上さまがいらっしゃいます。私がでしゃばっては、本当の親子にはなれません。私は、あの子が元気でいればそれで十分です。母上さまには、どうぞ旦那《だんな》さまから、よろしくお伝えくださいませ」

おきわは手をついて言った。

かたりぐさの店に見知らぬ女が訪ねて来たのは、九月に入ってまもなくの事だった。

「おかみさんのおきわさんにお会いしたいんですよ」

女は店の中を値踏みするように見渡してから、おすまに言った。

丁度おきわは二階で楽珍の書いた物語を読まされているところだった。

一月前に一文字屋に持ちこんだものの、やはり出版するには今ひとつ物足りないと治兵衛に言われて、四苦八苦して書き直した代物《しろもの》である。構想は良いが文章が練れていないと言われたらしい。

どういう感想を述べたら良いのか困っているところに、

「おかみさん、おかみさんに会いたいという人がいらっしゃいまして……」

おすまの言葉に救われた気持ちで階下に下りてみると、おきわにも見覚えの無い商家の女房らしき女が、上がり框《がまち》に腰を据えて待っていた。

「いらっしゃいませ」

愛想良く声を掛けると、

「おきわさんですね」

女はじろりとおきわを見ていきなり尋ねたのだ。

「はい、おきわですが……」

怪訝な顔で応えると、

「私は丸田屋忠兵衛の女房で、おくみと言います」

と女は言ったのだ。

「！……」

「驚いたでしょうね。おきわさんの知らないことだもの」

おくみという女は、なれなれしく言い、くすくす笑った。

「で、丸田屋さんのおかみさんが何の御用でしょうか」

おきわは、平然として応じる。

「少しお金を用立てて貰えないかと思いましてね」

おくみはいきなり厚かましいことを切り出した。

「用立てる？」

おきわは驚いた。

忠兵衛が再婚していたとはつゆ知らない事だったが、あれから十年の歳月が経っている。新しい伴侶《はんりょ》がいても当然だが、その伴侶が、まるで借金取りのように押しかけてきて、お金を用立てて貰いたいとは何事か。

それに、作業場で仕事をしている奉公人たちに、不縁となった昔の家のことなど聞かれたく無い。

「うちの旦那が、先月、永代橋でおきわさんに会ったっていうじゃありませんか。その時旦那から聞きませんでしたか……店が左前だって」

「いえ、知りません」

おきわは、察していたものの、きっぱりと言いきった。目の前の女が本当に忠兵衛の女房だとしても、関わりたくない人間だと思った。

「ふん、やっぱりあの人、なんにもしゃべらなかったんですね。別れた女房といったって、こんなに立派な店をきりもりしているんだもの、昔のよしみに縋《すが》ればいいのに……自身の不甲斐なさを打ち明けるのは、男の沽券《こけん》にかかわるとでも思ったのかしらね」

おくみは店先だという遠慮などまるでない。

「ちょっとお待ちください、ここは商いをするところです。妙な話をべらべらされたら困ります。それに、話を聞いても力にはなれないと思いますよ」

言いながら顔が引きつるのが分かった。

「おきわさん、忠兵衛さんがどうなっても、いいって言うんですか。あの人は今せっぱつまって、明日にでも首くくりそうなんですよ」

おきわは絶句した。その様子を素早く見て、おくみはがらりと態度を変えた。

「すみません、気を悪くさせてしまって、ついつい私も見境なくなってしまって……ほかに頼る所がないものですからね。おきわさん、後生だから、話だけでも聞いていただけないでしょうか」

殊勝な声で手をすり合わせる。

おきわは、仕方なくおくみを連れて外に出た。話を聞いてやらなければ店にいつまでも居座るに違いない、そう思ったからだ。

おきわは二つ目橋を向こうに渡った所にある蕎麦《そば》屋に入り、屏風《びょうぶ》で囲った上がり座敷におくみと向かい合って座った。

おくみはすぐに話を継いだ。

「先ほども話しましたが、丸田屋はこの月末の払いが滞《とどこお》れば、店は高利貸しにとられてしまいます」

「いったい、どうしたっていうのですか……丸田屋は日本橋近辺では名の知れた小間物問屋じゃありませんか」

「それがあの人、京橋にある下駄《げた》屋の『松葉屋』さんの保証人になっていたようなんですよ。ええ、三年前のことです。ところが松葉屋さんは今年正月早々に夜逃げしてしまいましてね。松葉屋さんがしょっていた借金を、うちが肩代わりしなければならなくなったんです。それで、最初のうちはなんとか小分けして支払っていたんですが、とうとう三百両が滞ってしまって……」

「お姑さんや番頭さんは？　もちろん知っているんでしょう」

「お義母《かあ》さんはとうに亡《な》くなりました」

「何時《いつ》？」

「おきわさんが家を出てから三年目だったかしらね。で、番頭さんも、もういません」

「いませんて……」

「奉公人は皆出て行ってしまいました。悔しいったらありゃしない」

「……」

「だから、おきわさんを頼るほか手立てがないんですよ。そりゃあ、私だって先妻のあなたにこんな頼み事は嫌ですよ。したくありませんよ。でもね、忠兵衛さんを、あの人を見てると、なんとかならないものかと、その一心だけで……」

おきわは大きくため息をついた。おくみの言い分はともかくも、忠兵衛の苦境はひしと窺《うかが》えた。

「私はね、あの人に言ったんですよ。前のおかみさんは本所で煙草屋をやって大繁盛《だいはんじょう》しているんだから、一度頼んでみたらどうかって」

「うちの店を、忠兵衛さんは知っていたんですか」

「ええ、ずっと前から」

「！……」

「おきわさんが気になって調べていたんじゃないの……ところが、知っていたのに、こちらに頼みに来なかった、そうでしょ」

「昔は夫婦でも、今は赤の他人ですから」

「あら、ずいぶん冷たいのね。これじゃあ忠兵衛さんも来られない筈だわ。やっぱり私がやって来て良かった」

なんとも図々しい言い草だと、いったんおさまりかけていた怒りに火が付いた。

「お気の毒ですが、私にはどうすることも出来ません。三百両ものお金、私の手元にはございません。ですからもう、お帰り下さい」

険しい顔でおきわは言った。

だがおくみは、そんなおきわの心情などものともしないで、

「三百両が駄目なら三十両だっていいんですよ。それだけの金があれば、今年は乗り切れます。そうすれば、また盛り返せます。後生です、助けてください」

縋りつくように食い下がる。

おきわは首を縦に振らなかった。厳しい目で見返した。

するとおくみは、ついにこんなことまで口にした。

「はっきり言いますけど、丸田屋がおかしくなっていったのは、おいとちゃんとかいう娘さんが亡くなってからのことじゃないですかね」

「おくみさん……」

何を言いだすのかと思ったら、おくみは突然、永代橋で亡くなったおいとの名を出してきた。

「忠兵衛さんも言ってましたよ。おいとがいなくなって何もかもおかしくなっ

たって……その責任は、おきわさん、あんたにだってあるんじゃないの」

「！……」

三

数日後、おきわは得意先からの帰りに、日本橋に足を向けた。

おくみの話を蹴《け》ったものの、永代橋で会った時の忠兵衛の姿が思い出されて、やはり丸田屋の様子を見ずにはいられなかったのだ。おきわはまず、丸田屋で下働きをしていた茂平《もへい》の家を訪ねた。

茂平は丸田屋の近くの裏店《うらだな》に女房と二人で暮らしていて、おきわは女中時代に、その長屋に呼ばれて手料理を馳走《ちそう》になった事があった。茂平に訊けば、丸田屋の様子が少しは分かるかもしれない……そう思って訪ねたのだが、長屋に暮らしていたのは女房一人だった。

「おきわさん、あの人は、二年前に亡くなったんですよ」

女房は懐《なつ》かしげにおきわの手を取り、そう告げて鼻を啜《すす》った。

「ちっとも知りませんでした。丸田屋にいた頃にはお世話になりましたのに、すみません」

おきわは無沙汰《ぶさた》を詫《わ》び、小さな仏壇に素早く懐紙に載せた一朱を供え、線香をあげた。

「おきわさんが旦那さまと離縁してからというもの、丸田屋は坂から転げ落ちるように左前になりましてね……」

女房は亭主が亡くなるまでの丸田屋の話をしてくれた。

それによると、忠兵衛の母おまさは、おきわを離縁したのち忠兵衛がおくみを家に入れようとしたとき、拒絶して叱《しか》りつけた。おくみが浅草寺の近くで飲み屋をやっている女だったからだ。

素性の知れない女は嫁には出来ない。おきわは女中だったが、両親の素性は分かっていたし、確たる人物の紹介で丸田屋に奉公した女だ。だがおくみは駄目だ。おくみとは別れろと、厳しく忠兵衛を諭したのだ。

おくみがどんな人間か、おまさはこの時見抜いていたのかもしれない。

だが忠兵衛が母親の忠告を聞き入れることはなかった。この時既に、忠兵衛はおくみから逃げられなくなっていたのである。

やがて母親のおまさが亡くなると、忠兵衛はおくみを女房に迎えた。おくみは金遣いが荒かった。それに加えて忠兵衛が京橋の松葉屋の保証人になった事で、丸田屋は急速に傾いてしまったのだ。

「亭主は二年前に亡くなりましたからね、その後のことは良くは存じません。でも、おきわさん。あの女がやってきてから店はおかしくなったんですよ。亭主がそう言っていましたもの」

女房は言い、

「つくづくね、亭主は言っていました。おきわさんは出る必要はなかったのにって。もういっとき辛抱してほしかったって……」

おきわは頷《うなず》いた。

離縁する時には、人はひとつの道しか見えず、他に道はないものと考える。だが、歳月が経って振り返ってみると、果たしてそれが正しい選択だったのかどうか思い悩まされる時が来る。

おきわは女房に礼を述べて長屋を出た。そして丸田屋が見える向かいの物陰で頭巾《ずきん》を被《かぶ》り、表通りに歩み出た。人の流れに紛れ込み、顔を伏せて歩を進め、丸田屋の前で、すばやく店の中を覗いた。

「……」

店の中は閑散として客の気配はなかった。それどころか、以前は追い立てられて忙しく立ち働いていた小僧や手代の姿も無い。

――奉公人が皆去って行ったという、あのおくみとかいう女の話は本当だったのだ……。

丸田屋のあまりの変わりように、おきわは驚きを隠せない。

おきわは店の前を通り過ぎてしばらく歩いたところで立ち止まり、下駄屋の前にある天水桶《おけ》に身を隠すようにして、丸田屋の表を改めて見た。

軒にはためく藍色《あいいろ》の暖簾、店の片側に施した軒から敷居ぎわまで掛けた日よけの『萬《よろず》小間物卸』の看板も昔のままだ。しかし、両脇《りょうわき》の店が客の出入りが盛んな分、閑散としている丸田屋は、まるで空き家のように見える。

おきわは立ち竦《すく》んだ。自身が丸田屋で暮らした歳月は丸十年。青梅の田舎から出てきて女中奉公を始めたのが十七歳。それから女中として五年を過ごし、そののちは忠兵衛の女房として暮らした。

おきわが女中として働いていた時の忠兵衛は、おきわの眼には頼もしく懐《ふところ》の深い男に見え、自分も忠兵衛のような人と所帯を持てたら、どんなに幸せだろうかと思ったこともあった。

だから後妻にと望まれた時には、丸田屋の内儀としてやっていけるのか、という不安はあったが歓《よろこ》びの方が強かった。

今は青梅の二親とも亡くなってしまったが、当時後妻に決まった事を知らせると、父も母も喜んで祝いに駆けつけてくれたのだ。

おきわの丸田屋での暮らしは、気苦労も多かったが夫を助け、店を繁盛させるという夢もあったのだ。

丸田屋の店には、紅白粉《べにおしろい》から始まって、笄《こうがい》、かんざし、紙入れ、煙草入れ、印籠《いんろう》に根付け、お祝いごとの水引きや扇子など、それはもうありとあらゆる物を卸していたから、店は活気にあふれ、皆忙しく働き、声を掛けあっていたものだ。

あの、永代橋の崩落がなかったら、きっと今もかわりなく、眼の先にある丸田屋で内儀として采配をふるっていたに違いない。

——それが……まさか、このような有様になろうとは……。

想像だにしなかったことだ。追い出されるように出て来た家とはいえ、おきわの胸は塞《ふさ》いだ。

その時だった。俄《にわ》かに店の表に大声を上げながら出て来た男たちがいる。一人は忠兵衛で、あとの二人に見覚えはないが、険悪な顔をした男だった。堅気ではないことは、髷《まげ》の結い方、着物の着こなし方で分かる。

男二人は見送りに出て来た忠兵衛の首ねっこを捕まえて、なにやら、その耳元にねちねち告げている。忠兵衛は首を竦め、何度も頷き、卑屈な態度で応じていたが、やがて男たちを見送ると、肩を落として店の中に入って行った。

行き交う人たちが、眉《まゆ》をひそめて店の中を覗きながら通り過ぎる。

——なさけない……。

あんな忠兵衛は初めて見た。見なけりゃ良かった。まるで自分までいたぶられているように、おきわの胸は痛んだ。

おくみという女の話では、姑《しゅうとめ》のおまさは七年前に亡くなったということだったが、今目の前で繰り広げられた屈辱の光景をおまさが見ていたら何と言うだろうか。気位が高かった姑は卒倒するに違いない。

おきわは溜息《ためいき》をついた。胸の鼓動を整えて引き返そうとしたその時、背後から声が掛かった。

「おきわ」

振り返ると、楽珍が立っていた。

「旦那さま……」

おきわは慌《あわ》てた。知られたくない部分を見られたという動揺を隠せなかった。

「一緒に帰ろう。船を待たせてある」

楽珍は北鞘町《きたさやちょう》の河岸《かし》に屋根船を待たせてあったのだ。船に近づくと、横手から中年の男が現れ、楽珍に頭を下げた。

「紹介しておこう。この男は岡っ引の時蔵《ときぞう》だ。わしが引退するまで助《すけ》てくれていた男だ。今は今川橋の袂《たもと》で、女房と髪結いに精を出している、そうだな時蔵」

楽珍は言った。

「へい、さようで……どうぞお見知りおきを……」

男は笑みを湛《たた》えておきわを見た。ごつごつした感じの顔立ちだが、親しみやすい人柄だと直感した。

「おきわと申します」

自分の名を告げながら、なぜに楽珍は、この人に私を紹介したのかと訝《いぶか》しく思っていると、船に乗り込むなり、

「他でもない。おきわ、そなたが近頃元気がないと言ってな、店のみんなが案じているのだ」

楽珍は、煙管を出して煙草を詰めた。店のきざみ煙草の中でも極上の『蓬《ほう》莱《らい》』だった。

おきわは驚いて、楽珍の顔を見た。

「直蔵とおすまがわしの部屋にやって来て、おかみさんを助けてやってほしいと言ったんだ、わしにな」

「……」

おきわは、奉公人たちの心遣いに胸が熱くなった。

隠して置こうと思ったことだが、おくみがやって来たことで、どうやら店の皆には、大方の事情を悟られてしまったようだ。

「昔の亭主が大変なことになっているらしいじゃないか」

楽珍は、煙草の灰を、灰入れにぽんと落とした。

「実はわしも、近頃お前の顔色が気になっておったのだ。店はうまく回っているようだが、いったい何があったのだとな」

「すみません」

「何、わしはお前に店を閉めるなどと言われたら、明日から干上がってしまう身だからな……それになんだ」

時蔵をちらと見て、

「お前さんの哀《かな》しそうな顔を見ていると、創作の手が鈍る。集中して書けぬ」

するとと時蔵がくすりと笑って言った。

「てなこと言っておりやすが、おきわさん、旦那はね、おきわさんが頼り、おきわさんがいなかったら、明日にでもおっちんじまうってぇぐらい、おきわさん、おきわさんなんだから」

「時蔵、余計な話をするな」

「だってそうじゃありやせんか。旦那は本所の料亭でおきわさんをひと目見た時から、もうおきわさんをおいて他にないとぞっこんで」

「時蔵！」

楽珍が鼻を膨らませる。

「へいへい、分かりやした。旦那の話があんまりまどろっこしいもんだから。でね、おきわさん、旦那はね、丸田屋が何故たちゆかなくなったのか、そのいきさつを探ってくれ、そうおっしゃっているんです。それで、いろいろとおきわさんにお聞きしたいと思いやして」

「そういう事だ。この男の腕は確かだ。おきわ、何でも相談するがよいぞ。ここは船の中だ。誰にも聞かれることはない」

「ありがとうございます。でも……」

元の亭主のことだ。おきわは躊躇《ちゅうちょ》した。

「そうしろ、時蔵に詳しいいきさつを調べて貰《もら》えば、それによってはおまえさんが、せめて元の亭主に救いの手を差し伸べるべきか、それとも、あくまで過去の事として忘れるべきか、態度も決まろうというもの。遠慮は無用だ」

「……」

「よいか、彦太郎のことを考えても、ここはしっかりと事実を知る必要がある」

　おきわは頷く。その通りだと思った。

　ただ、調べ次第では、忠兵衛のよからぬ事実が露見したりして、却《かえ》って苦しむことにもなりかねない。正直それも怖かった。

　するとまた時蔵が口を挟んだ。

「おきわさん、余談ではございますが、彦太郎さまは熱心にお奉行所にお勤めになっていらっしゃるようでございやす。あっしの昔の仲間で、まだ手札を貰って岡っ引をやっている者たちの話によれば、彦太郎さまはお奉行所では算盤《そろばん》も良くおできになるし手跡もいい。皆に期待されていると聞いておりやす。丸田屋さんは彦太郎さまの実の父親、おきわさんが勇気を出して真実を確かめるべきではありやせんか」

「おっしゃる通りかもしれません」

おきわは言った。彦太郎のためにも、事実を知らず、あいまいなまま暮らすのは良くない。

「お願いいたします」

おきわは、覚悟の顔で時蔵に言った。

「では早速……」

時蔵は大橋の袂で船を止め、勢いよく降りた。

「ふん、時蔵の奴《やつ》め、まだまだ俺は現役だ、調べは任せろって張り切っているな」

楽珍は笑って見送った。再び船が岸を離れて動き出すと、今度は真顔でこう言った。

「おきわ、わしはな、お前さえよければ、夫婦として暮らしてもいいと思ったこともあるのだ」

「旦那さま……！」

「だがお前の頭の中は、永代橋の崩落で亡くした先妻の娘のことでいっぱいだった、そうだろ？　おいとかいう娘の消息がはっきりするまでは、自分は幸せになってはいかん、そう思ってきたんだろ？」

おきわは図星を指されて下を向く。

「本当は丸田屋のことも、ずっと頭から離れなかった」

「……」

「だがもう、自分の幸せを考えてもいいのじゃないか……これを機会にな。だから丸田屋の一件は悔いの無いようにと、わしはそう思ったのだ。何、これはな、わしの下心ゆえの事ではないぞ。わしはたとえ今のままでも満足しておるのじゃ」

楽珍は言い、照れ隠しにもう一服煙草をつけた。

「旦那、まもなく着きやすぜ！」

船頭の大きな声が聞こえてきた。

「うむ」

楽珍は労《いた》わりの目でおきわに頷いた。

四

岡っ引の時蔵が、かたりぐさの店にやって来たのは、数日後のことだった。

おきわは女中のおすまにお茶を運ぶよう頼み、時蔵と二階に上がり、楽珍に声を掛けた。

「おう、入れ入れ、その顔じゃあ調べは思うように進んだらしいな。お前の早業はまだ現役だ」

楽珍に褒められて、時蔵は照れくさそうに頭を掻《か》いて座った。だがすぐに苦い顔で告げた。

「旦那、丸田屋はどうやら嵌《は》められたようですぜ」

「誰に嵌められたというのだ？」

「へい、それが、なんと内儀おくみの昔の男にですよ」

「おくみさんの昔の男？」

おきわが訊《き》き返すと、

「京橋の下駄屋松葉屋の主《あるじ》で百蔵《ひゃくぞう》ってぇ野郎です」

おきわは驚いた。

「松葉屋さんと言えば、丸田屋が保証人になった……」

「そうです。おきわさんからその話を聞いておりやしたから、あっしも驚きました」

「よし、時蔵、順を追って話せ」

楽珍は座りなおして時蔵を鋭い目で促した。部屋の空気が、ぴんと張りつめる。

物語を書き散らしている時の楽珍とは別の、おきわが見たこともないような険しい顔に、同心時代に定町廻《じょうまちまわ》りの『鬼の鉄《て》っさん』と呼ばれていたという話を思い出した。

「永代橋が崩壊してからの事ですが、丸田屋の忠兵衛は店を閉めると夜の街に出て行くようになった、そうですね、おきわさん？」

「はい……」

おきわは神妙に頷いた。

「はじめのうちはなじみの店なんぞなかったらしい。手当たり次第に飲み歩いていたようですが、そのうち、浅草寺の前で飲み屋をやっていた、おくみの店に入り浸るようになった。この話は、当時この飲み屋で板前をしていた男から聞きだしやした。今は別の店で板前をやっているんですがね……」

その板前の話によれば、おくみは色気のある若い女将《おかみ》として、客の人気を集めていた。ところが店は、百蔵の物だった。

百蔵は月に数回おくみを抱きにやって来たが、客の目につかないように用心を払っていたから、おくみに男がいるなどということは、誰も気付きはしなかった。

若い時に女遊びのひとつもしていなかった忠兵衛は、すぐにおくみのとりこになった。おきわを離縁したことで、ますます入り浸るようになっていたが、ただおくみの体に溺《おぼ》れたというだけではなかった。

飲み屋の二階では十日に一度賭場《とば》が開かれていて、忠兵衛はおくみに勧められて博打《ばくち》に手を染めていたのである。勝っても負けても小間物屋のちまちました商いとは違う興奮を得られたらしく、忠兵衛はのめりこんでいった。

そしてこの賭場に客を装《よそお》ってやって来ていた百蔵に声を掛けられ懇意になっ

たのだ。

やがて、おくみにせっつかれて女房として店に入れる事になるのだが、この段取りを取り仕切ったのが百蔵だった。

その百蔵がある日借金の保証人を頼んできたという訳だ。忠兵衛は断るに断れなかったのだ。

「ちょいとすみません」

時蔵はそこまで話すと、おすまが持って来たお茶を取り上げて喉《のど》を潤《うるお》した。

茶碗《ちゃわん》を下に置くのを待ちかねるように楽珍が訊いた。

「いったい、いくらの金の保証人になっていたんだ」

「へい、板前の話じゃあ、五百両だったというんですが、松葉屋の百蔵は、それを一度も返済してなかったというんです。なにしろ相手は高利貸しですから、松葉屋が夜逃げした時には七百両にも八百両にも膨らんでいたんじゃないかというんですがね」

「最初から嵌めるつもりで近づいたに違いねえな」

「へい、あっしも、そう思いやす。松葉屋の店を探ってみましたが、借金の話が出た時には、とっくの昔に店は人の手に渡っていたらしいですからね」

「忠兵衛は百蔵を調べもせずに保証人になったのか……」

「そういうことです」

「ふむ……」

　楽珍は黙って腕を組んだ。

　おきわは、人も変われば変わるものだと思った。おきわの知っている忠兵衛は、しまり屋で通っていた。

　丸田屋で扱っていた小間物の中には、浅草紙《あさくさがみ》とも呼ばれた漉《す》き返しの安価な紙があるのだが、丸田屋ではこれを店の雪隠《せっちん》で使用していた。

　忠兵衛はこの浅草紙使用についても「浅草紙とはいえ、これは店の商品だ。売ればなにがしかの儲《もう》けを産むものだ。むやみに使わぬように」などと奉公人に注意していたものだ。

　その忠兵衛が博打にはまり、怪しげな人間の借金の保証人になるとは。かつての忠兵衛を見ていたおきわには、信じがたいものがある。

「丸田屋の主は……」

楽珍は組んでいた腕を解《ほど》くと、ちらとおきわを見て言った。

「おくみに手玉にとられた、それがここまで追い詰められた原因だな」

「そのおくみですが、丸田屋にはもういませんぜ」

「うむ……逃げたな」

「へい。おきわさんに無心しに来た金は、忠兵衛のためなんかじゃねえ。自分が逃げる時の路銀にするつもりだったに違《ちげ》えねえ。今ごろどこかで百蔵と落ち合っているんだろうよ」

「問題は残債の三百両か……時蔵、その高利貸しだが、叩けば埃《ほこり》が出るんじゃないのか」

楽珍は、にやりと笑った。だがその目は、鋭く光っている。

「へい、おそらく。奴は米沢町《よねざわちょう》の仕舞屋《しもたや》で看板も掛けずに金貸しをやっていやす。人相の良くねえ若い衆を数人かかえたならず者でさ、名は宗兵衛《そうべえ》、産は上州……」

「よし、引き続きその奴を調べてくれ。場合によっちゃあ、俺が出張ってもいい」

「そうこなくちゃ、昔取った杵柄《きねづか》、こんなところで売れねえ本を書いていたって、世の中のタメにはならねえんですから」

時蔵は笑って立ち上がった。

「ちっ、ずいぶん言いたいことを言うようになったもんだな、時蔵」

「へっへっ、では旦那、早速」

時蔵は勢いよく出て行った。

「旦那さま、申し訳ありません」

おきわは手をついた。

「いいってことよ、時蔵を見ただろ？　体がなまって、うずうずしてたんだよ。もっとも、わしも人のことはいえぬ。年寄りの冷や水といわれても仕方がないがね」

楽珍はにやりとした。

「まあ、彦太郎さま！」

「おいでなさいまし、彦太郎さま！」

かたりぐさの店では、この日、驚いて見迎える奉公人たちの声が響いた。口をきりりと引き締めて、目の涼やかな侍姿の少年が突然店にやってきたからだ。おきわの倅《せがれ》で、平岡と言う同心の家に養子にやった彦太郎が帰ってきたのだった。

「まあ、ご立派になって」

おすまが目を細めれば、

「立派だよ、彦太郎さん。馬子《まご》にも衣裳《いしよう》だねえ」

なんて直蔵も感心しきりだ。

「ほんとだよ。ここで一緒に働いていた時とはまた違った、いい若い衆だ」

貞次郎もほれぼれと言う。

皆仕事の手を止めて、彦太郎の周りに集まって来た。

「みなさんもお元気でなによりです」

彦太郎も挨拶《あいさつ》する。またそれがういういしいものだから、みんな撫《な》でまわすように褒めちぎる。

「今日は、おっかさんに会いにきたのね。ささ、どうぞ。遠慮しないで、自分のうちじゃない」

おすまが言ったその時だった。

「彦太郎、何の用ですか……ここには一人前になるまで帰ってきてはいけませんと言ったでしょう」

厳しい顔をして、おきわが奥から出てきたのだ。

「おっかさん、母上にも許可を頂いてまいりました。どうしても知らせたいことがあったのです」

彦太郎は養家の母を「母上」と呼び、おきわを「おっかさん」と呼んでいる。

「今お茶を淹《い》れますから、上におあがりください」

おすまが気を利《き》かして言う。

おきわはしぶしぶ、奥の自分の部屋に、彦太郎を連れて入った。

「おっかさん、驚かないで下さいよ。おいと姉さんと思われる人が、浅草の清《せい》廉寺《れんじ》という寺にいるらしいってわかったんだ」

彦太郎は興奮を抑えきれないような顔で告げた。

「！……」

おきわは驚いて、彦太郎を見た。

永代橋に毎年八月、命日に手を合わせに出向いて来たが、生きていて欲しいという気持ちはずっとあったものの、いやもう生きている筈《はず》がないと諦《あきら》めていたのが本音。彦太郎の言葉に耳を疑った。

「尼としてお勤めしているというのです」

彦太郎は真剣な顔で言う。

「尼……本当ですか？　確かめましたか？」

「いえ、それはまだ。おっかさんと一緒に行って確かめたいと思いまして」

「彦太郎、お前は誰からその知らせを貰いましたか」

「同じ八丁堀に住む同心で、矢崎格之進《やざきかくのしん》という方です」

「矢崎……格之進？」

「おっかさんは覚えていませんか。あの崩落があった折に、おっかさんと私が、おいと姉さんが落ちた場所に近づこうとした時に、刀を抜いて通行人を怒鳴りつけていた人を……」

「あっ」

おきわの脳裏に、あの時の光景がまざまざと蘇《よみがえ》って来た。

その同心の殺気漲《みなぎ》る威嚇《いかく》は、あの場所にいた者たちを橋の袂に引き返させた。あの同心がいたからこそ、さらなる犠牲者が出なかったのだ。

「今矢崎さまは、お奉行所の中で例繰《れいく》り方《かた》をなさっておられますが、私も見習いとしてお手伝いしております。それで、永代橋崩落の話が出た時に……」

彦太郎が、あの後、こんな同心がいて母も自分も助かったのだと告げたところ、矢崎は驚いて、あれは自分だったと教えてくれたのだ。

そしてあの時、息を吹き返した女の子を一人助け出したが、その子は何も覚えておらず、困り果てた矢崎は、知り合いを介して、浅草の尼寺に引き取ってもらったというのであった。

「おっかさん、その女の子の記憶はいまだに戻っていないようですが、もし姉さんなら、私やおっかさんの顔を見れば思い出すかもしれない、そうでしょう……」

彦太郎は息もつかぬほどに、一気に告げた。

「彦太郎……」

おきわはまだ、混乱の中にいた。

「おっかさん、行ってみましょう」

彦太郎は膝《ひざ》を立てて促した。

おきわが頷くまでもなく、その時楽珍が入って来て言った。

「行ってきなさい。ひとつひとつ確かめるのだ。ずっと苦しんできたことじゃないか」

五

翌日の八ツ、おきわは彦太郎と待ち合わせて清廉寺に向かった。門を入ると、すぐ向こうに本堂が見え、本堂を囲むように木々が茂り、しきりにひぐらしが鳴いている。

庫裏《くり》の前でおとないを入れ、おいとの名を出して会いたいと告げたが、応対に出て来た尼は首を傾《かし》げた。

そこで、永代橋崩落でこちらにやって来た女《ひと》だと告げると、ああ……という顔で、

「恵信尼《けいしんに》さんですね」

と言った。

二人は寺の座敷に通された。すぐに一人の尼が部屋に入って来て座った。

「恵信尼でございます」

尼は怪訝《けげん》な顔で、おきわと彦太郎の顔を見た。その目は初対面の人を見る目に間違いなく、見知らぬ人に自分を指名されて困惑している感じだった。

おきわは彦太郎と顔を見合わせた。

なにしろ永代橋の事故は十年前だ。あの時のおいとの年齢《とし》は八歳、娘の容姿を激変させるには十分の歳月が経《た》っている。昔の面影を探すと言っても、至難であることが対面して分かった。黒子《ほくろ》があるとか痣《あざ》があるとか、そういう証拠になるものがあれば別だが、なにしろそういった物は何もなかったのだ。

亡くなったおいとの母親の面影も薄いと思った。目の前にいる恵信尼は色白で丸顔だが、亡くなった母親は、どちらかというと、健康そうな肌の色をしていて顔立ちも丸顔ではなかったはずだ。

いや、実際のところ、おきわの記憶自体に、もはやあいまいさが色濃いのかもしれなかった。おきわがそうだから、彦太郎にしてみれば、姉と断定する確かな記憶がある訳がない。

「私はおきわと申します。そしてこちらが彦太郎です」

おきわはまず自分たちの素性を述べ、

「これからお話しすることで、お気を悪くされるようなことがあるかもしれませんが、どうかご容赦下さいませ」

断りを述べてから、これまでのいきさつを掻い摘《つま》んで話した。

恵信尼は、しっとりと座って、静かに耳を傾けている。

おきわが話を終えると、恵信尼は静かに笑みを湛えたのち、気の毒そうな顔で言った。

「申し訳ございません。私が十年前の永代橋崩落の時、川でおぼれていたのを助けられ、こちらでお世話になり、そして尼になったのは間違いございませんが、昔のことは何も覚えていないのです」

「……」

「今までにも何人も、ひょっとして縁ある者ではないかと、ここにお訪ねくださいましたが、やはりどなたのお顔を拝見しても、私、何も覚えておりません。思い出せないんです。自分はどこで生まれてここにいるのか、それが分からぬというのは本当に寂しいことではありますが、近頃では、これも仏のおぼしめし、お前はこの寺で生き、困った人々に手をさしのべよと、そう言われているのだと思うようになりました。お訪ねくださったことは有難いのですが……」

恵信尼は、数珠《じゅず》を掛けた手を合わせて瞑目《めいもく》した。

――これでは確かめようもない……。

力が抜けていく思いで、若い身空で俗世間に戸を立てて仏に仕える尼僧をおきわは見詰める。

だが、俄かに膝を打って彦太郎が訊いた。

「助けられた時に着ていた着物の柄ですが、あなたを助けた同心から、裾《すそ》に初秋に咲く紫苑《しおん》の花を染め上げたものだったと聞いていますが……」

「彦太郎、その話は本当ですか？」

驚いて聞き返したのは、おきわの方だった。

「はい、そのように聞いています」

「間違いない、それなら間違いなく……」

おきわの目に突然涙が溢《あふ》れ出て来た。

「私がおいと……」

驚愕《きょうがく》しているのは、恵信尼の方だ。言葉を失ったようにおきわを見ていたが、やがて目にじんわりと涙をためて、

「それが本当なら、どんなに嬉《うれ》しいことでしょうか。ただあの時の着物についでは今いちど、こちらの庵主《あんじゅ》さまにもお尋ねしてみます。でも……」

恵信尼は急に言葉を濁らせた。

「記憶を失って生きて行く場所もなかった私を、ここに引き取り大切に育てて下さったのは庵主さまです。その庵主さまは今は重い病におかされて床についています。仮に私がおいとという娘であったとしても、恩ある庵主さまを置いて、還俗《げんぞく》し、この寺を出るなどということは出来ません。してはいけないことなんです。庵主さまをお世話する者は私しかいないのです」

恵信尼は、きっぱりと言った。

「おいと……」

おきわは、恵信尼の手を取った。

あの、反抗的で我儘《わがまま》だったおいとが、本当に目の前にいる尼僧なのかと疑う程、恵信尼は真に仏に仕える尼に見えた。

「長い間ご心配をかけました。話をお聞きした限りでは、義理の娘の私を、ずっと案じて探して下さったことを有難く思います。ありがとうございました」

恵信尼もおきわの手を取った。その目に涙が溢れている。

「おいと……」

「……」

彦太郎は母と姉の姿を見つめながら、顔を歪《ゆが》め、口を引き結んだ。

物言わぬまま、しばらくただ見つめ合う三人の耳に、ひぐらしの声が次第に大きく聞こえて来た。

長い間心を縛り付けていた縄が解けたおきわは、役所に出向くという彦太郎と別れると、まっすぐ日本橋に向かった。

間違いなくおいとと思われる恵信尼の発見を、一刻も早く忠兵衛に知らせてやりたかったのだ。

──おいとが生きていた──

その事実を知ったら、どれほど忠兵衛の励みになるかしれない。おいとが尼僧で還俗は難しいとしても、娘が生きているという事実は、なにものにも替え難い幸せである筈だ。

別れた夫とはいえ、おきわは忠兵衛には立ち直って幸せになってほしかった。だが、丸田屋の向い側に立ったおきわは、立ち尽くした。丸田屋は大戸を締めて初秋の弱い光にさらされていた。看板も暖簾《のれん》も無くなっていた。

襟足にどっと噴《ふ》きだしてきた汗を手巾《しゅきん》で押さえながら、忠兵衛の身に何かあったのかもしれぬと不安になった。

「おきわさん」

右手の方から時蔵が近づいて来た。

「大変なことになりました。忠兵衛さんは今日の昼過ぎ、高利貸しの家に押しかけやして、主の宗兵衛と口論の末、匕首《あいくち》で斬《き》りつけて怪我《けが》を負わせやした。ですが逆に若い衆に袋叩き《ふくろだた》に遭いやして、丁度そこに定町廻りが行き合わせ、一味と一緒に今さっき大番屋に連れていかれたところです」

「小伝馬町《こでんまちよう》に送られるのでしょうか」

「まだわかりませんが、たぶん……」

「ではもう、会えないのでしょうか」

「いや、それほど案ずることはありやせん。まあ今夜にでも楽珍の旦那《だんな》とお奉行所に押し掛けて、奴らが出している法外な利子の証文を証拠に、取引するつもりです」

「私、忠兵衛さんにどうしても報《しら》せてあげたいことがあるんです。会わせて下さいませんか」

おきわは必死だ。

「分かりました。動きがあればお知らせします。先ほども言いましたが、それほど案ずることはないと思います。楽珍の旦那は今でも北町のお奉行所内で一目おかれているお方です。あの旦那が腰を上げたのですから……」

あの楽珍が……物語を書いても書いても本屋から突き返されて、頭を抱えている初老の男に、本当にそんな力があるのだろうかと思いながらも、

「よろしくお願いいたします」

おきわは時蔵に頭を下げた。

それから三日、少しも落ち着かぬ日をおきわは送った。

昨日も楽珍は出かけて行き、難しい顔をして帰ってきたが、おきわには何も言ってくれなかった。

とうとう今日も動きはないのかと思っていると、夕刻になって時蔵が現れた。

「旦那はいらっしゃいますね」

時蔵は、おきわに念を押して二階に上がった。

おきわが二階に呼ばれたのはまもなくの事だった。

不安な面持ちで着座すると、時蔵が言った。

「おきわさん、忠兵衛さんのお仕置きが決まりました」

「お仕置き……」

ぎょっとして見返すと、

「なあに、形だけのものです。期限を切っての所払いです」

おきわは静かに頷《うなず》いた。

「三年です。まあ、所払いに期限はねえ、なんていう輩《やから》もおりやすが、こういう特別な扱いもない訳ではないってことです。これもこちらの旦那のお蔭《かげ》ですよ」

「旦那さまが……」

おきわが顔を向けると、楽珍は笑みを湛えて、

「なあに相手は悪党だ。時蔵の働きで、それは露呈している。本来裁きをうけるのは金貸しの宗兵衛、松葉屋の百蔵、それにおくみだ。忠兵衛は嵌められたのだ。まあ、嵌められた者も自業自得《じごう》で同情の余地はないというのが御奉行所の考えだ。だがわしは、こう言ってやった。裁きは、江戸の民の関心ごとだ。名奉行のご裁断を拝見したいものだとな。とはいえ、相手が悪人でも刃物で傷つけた責は負わねばならぬ、そういうことだ」

すると横から時蔵が言った。

「残っていた借金はチャラになりましたよ。ですが忠兵衛さんは、松葉屋の借金を払うために別のところからお金を借りておりやしたからね。店は没収となりやした。まあ、一から出直しって事ですね」

おきわは、頷いた。

「何、三年など、あっという間だ」

楽珍は言った。

おきわは時蔵を玄関まで見送りに出、

「所払いは何時《いつ》なんでしょうか」

帰りかけた時蔵に訊いた。楽珍の前で訊くのは少し遠慮があったのだ。

「明日早朝と聞いておりやす」

「あの、少しお待ちください」

おきわは店の中にとって返すと、布に包んだ物を時蔵に渡した。

「三十両入っています。これを忠兵衛さんにお渡しいただけませんでしょうか」

時蔵は、じっとおきわの顔を見て、

「お預かりしやしょう」

その包を懐《ふところ》におさめて帰って行った。

翌朝、おきわはそっと床を離れて身支度をした。

見送りには行くまいと思い、手持ちの金を時蔵に渡したのだが、やはり恵信尼のことを告げてやらなければと思ったのだ。

――生きていたと知れば、この先辛《つら》くても頑張れる。

子供を持つというのはそういう事だ。おきわが頑張ってこられたのも、彦太郎がいたからだと思っている。

おきわは朝霧に覆《おお》われた白い道を永代橋に向かった。恵信尼の存在を知らない忠兵衛は、きっと永代橋に、しばしの別れを告げに現れるに違いない。まだ明けきらぬ人気のない道を、おきわは足を急がせた。

「!……」

おきわは、仙台堀川《せんだいぼりがわ》に架かる中の橋の上で、目に飛び込んで来た永代橋を見て立ち止まった。

大川に弓なりの線を描く美しさは圧巻だった。見はるかす永代橋の姿は、登り始めた朝日に白い霧が解け始めて、より鮮明になって行くところだった。

おきわはふたたび足を速めて永代橋の東袂まで一気に歩くと、立ち止まって橋を見渡した。

今橋の上に、二人の男の姿が現れたところだった。一人は侍、それも羽織の形から同心と見た。

そしてもう一人は、その輪郭だけで忠兵衛と分かった。

――やはり旅立つ前に、永代橋に立ち寄りたいと同心に頼んだに違いなかった。

橋の上の忠兵衛の輪郭が、腰を落として川に向かって手を合わせている。

おきわは急いで橋に駆け上がった。

――私もこれで、ようやく荷物をおろすことが出来る。

おきわは小走りしながら、ここに至るまでの楽珍の温情を、しみじみと感じていた。

解説

菊池仁《めぐみ》

本書『雪の果て』は『月凍《い》てる』（文庫化に際し、『坂ものがたり』を改題）、『百年桜』に続く、「人情江戸彩時記シリーズ」の第三巻である。前掲の二冊は単行本刊行の後、文庫化されたが、本書はより早く読者の手元に届けたいという作者と出版社の配慮から、初登場で文庫本での刊行となった。これ以上の読者サービスはない。なぜなら、『月凍てる』『百年桜』共に人生の重さを感じさせる、深い人間ドラマを描き切っているとして、高い評価と支持を得たからである。それにしても「人情江戸彩時記」というシリーズ名はうまい。作者が意図している物語世界の雰囲気がわかりやすく伝わってくる。

ただし留意しておきたいのは、作者の物語世界は二〇一〇年に発表された本シリーズの第一巻『坂ものがたり』（現『月凍てる』）を境に深化を遂げつつあるということだ。言い方を変えよう。物語世界を構築するための小説作法が深化しつつある。まずこの点を作者の経歴と合わせて述べておく。
作者は小松左京が主宰する「創翔塾」に学び、脚本家として活躍。その間に歴史を学ぶため立命館大学文学部史学科に入り、卒業している。小説家としてのデビューは、二〇〇二年に発表した「隅田川御用帳シリーズ」の第一作『雁《かり》の宿』で、これが評判を呼び、たった二年間で第八作『夏の霧』まで刊行されている。短期間で頭角を表した背景には、社会人学生として史学を学んだこととと、テレビドラマの「長七郎江戸日記」「鞍馬《くらま》天狗《てんぐ》」「暴れん坊将軍」「父子鷹《おやこだか》」など、数多くの脚本を担当したことで培《つちか》った江戸時代を見る眼の確かさと、着眼点の鋭さである。「隅田川御用帳」がそれを証明している。具体的には江戸で暮らす人々を描くにあたって、生活と密着している隅田川を舞台としたこと。さらに男と女の間にある哀《かな》しさ、切なさを描くための恰好《かっこう》のネタ元として深川に縁切り寺があったという虚構を持ちこんだことである。
このことについて作者は、「私の好きな藤沢周平作品」(「新！読書生活」)のなかで、
《私は小説を書くとき、きちんと資料を読んだ上で虚構を書くのは構わないと考えます。深川が、江戸でも後でできた町人の町ですから、縁切り寺の場所には一番合っていると思いまして。》
と述べている。これが作者の小説作法の核となっていく。

作者の小説作法を見ていく上でもうひとつ重要なことがある。二〇〇四年にスタートした「橋廻り同心・平七郎控シリーズ」である。〝川〟と同様〝橋〟には、江戸の市井《しせい》で生きる人々の人生の縮図が籠《こ》められている。言わば〝人情交差点〟である。そのため〝橋〟をモチーフとした時代小説は多々ある。作者が初めて手に取って思い入れが深いという藤沢周平の『橋ものがたり』をはじめ、杉本苑子《そのこ》『永代橋崩落』、池波正太郎「鬼平犯科帳シリーズ」にも〝橋〟を題名とした作品が数編あるし、澤田ふじ子は『幾世の橋』『天空の橋』『螢の橋』『大蛇《おろち》の橋』など、〝橋〟を象徴的に使った作品を書き続けている。

作者はこういった傾向を見ていく過程で新たな着想を得る。それが「橋廻り同心・平七郎控シリーズ」である。江戸の下町は江戸湾岸のデルタを埋立て、運河を縦横に作った市街なので、当然ながら橋が多い。それゆえ江戸の人々にとって〝橋〟は生活に密着した存在である。しかし、橋の安全や修理はどうしていたのか。一八〇七年(文化四)に永代橋が崩落し、死傷者、行方不明者を合わせると一四〇〇人を超す、史上最悪の落橋事故が起っている。きっと幕府はそのための対策を講じているはずである。ためしに町奉行の役職を調べていくと、〝定橋掛〟という役職にいきつく。「これだわ」という作者の声が聞えてきそうだ。定橋廻り、通称橋廻り同心の第一の仕事は、十手代りにもつ木槌《きづち》で、橋桁《はしげた》や橋の欄干、床板を叩《たた》いて橋の傷み具合を確かめることであった。作者の狙《ねら》いと工夫がここにある。探索方の役人を避けることで、平七郎の目線の低さと身軽さを強調しているのである。つまり、庶民と同じ目線に立つことと、自由に動き廻れることを狙ったのである。この両シリーズを経ることで鋭い着眼点と、それをテコとして新たな物語空間を構築し、そこに濃厚な人間ドラマを立ち上げるというシリーズものの手法が定着化していく。

現在、作者は前述した二シリーズに加え、「藍染袴《あいぞめばかま》お匙帖《さじちょう》」「見届け人秋月伊織事件帖」「渡り用人片桐弦一郎控《かたぎりげんいちろう》」などの人気シリーズを手がけているが、いずれも主人公の職業に強いこだわりを持ち、そのユニークさに特徴を有している。例えば、〝お匙〟〝見届け人〟〝渡り用人〟といったユニークさが、展開するドラマを紡《つむ》いでいく繋《つな》ぎ役となっている。つまり、職業が時代を映す鏡として作用し、そのユニークさをフィルターとすることで、独自の物語空間を創出できる恰好のスタイルとなっている。

ところが弾みがついたと思われたシリーズものだが、二〇〇六年の「渡り用人片桐弦一郎控シリーズ」以降、二〇一一年に「切り絵図屋清七シリーズ」がスタートするまで、新たなシリーズものは手がけていない。おそらく作者はこの頃から次のステージへのステップアップのための模索を自らに課したのだろうと推測しうる。それが結実したのが二〇一〇年に刊行された『坂ものがたり』と、二〇一一年に刊行がスタートした「切り絵図屋清七シリーズ」であった。ちょうどそれは作家デビューから十年目の節目であった。

まず「切り絵図屋清七シリーズ」から述べていく。このシリーズのモチーフについて次のように語っている。

《「熙代勝覧《きだいしょうらん》」といって、江戸日本橋で、お店がどんなににぎわっていて、往来する人たちがどんな格好をしていたかを、こと細かに絵図にしたものもあります。私は、そういうものを、切り絵図の中に重ね、江戸の町を想像しながら小説を書いています。春には、切り絵図を一生懸命つくる人たちの話もひとつ書いてみようかなと思っています。》(前掲「私の好きな藤沢周平作品」)

作者はさらりと語っているが、ここには大胆な発想の転換がある。作者は〝切り絵図〟で江戸の町を想像し、その時代の姿と人生ドラマを平面図から立ち上げる手法をとってきた。「切り絵図屋清七」では、逆に〝切り絵図〟に江戸の人々の喜怒哀楽を刷り込み、その制作に携わる人々の内奥《ないおう》を描くことで斬新《ざんしん》な物語を紡ぎ出している。〝職業小説〟の極みと言える出来映えのシリーズである。

『坂ものがたり』、つまり『月凍てる』はどうか。藤沢周平の『橋ものがたり』のオマージュであることは確かだが、それ以上に重要なことがある。作者はマーケッティング上選択せざるをえないシリーズ化という枠を、職業のユニークさを物語の中核に据えて、そこに群像ドラマを展開するといった手法で超えることに成功した。要するにシリーズ化を自らの小説作法を耕す肥やしとしたのである。

しかし、この手法だけでは限界もある。同質化というリスクもある。そこで考え出されたのが、ひとつのモチーフ（『月凍てる』では〝坂〟、『百年桜』では〝渡し場〟）を導線として、人物像の彫りをより深く、ドラマの密度をより濃いものにするといった小説作法への進展であった。シリーズ名が〝職業〟ではなく、「人情江戸彩時記」としたのはそのためである。

〝坂〟も〝渡し場〟も江戸の町の特徴を有している重要な要素で、江戸情緒を醸《かも》し出す。市井人情ものを書くならば恰好の舞台装置である。言葉を変えれば読者が感情移入しやすい回路として作用する。なぜなら、登場人物をどれだけ深く描き切れるかということは、最高の情景を用意し、どれだけ深く登場人物の心象風景と同一化させるかにかかっているからだ。この試みは見事に成功し、作者の小説作法はさらに磨きがかかった。

では本書はどうか。本書には四つの短編が収められている。発表順に追っていくと、
梅香餅《ばいかもち》「小説新潮」二〇一四年一月号
甘酒「小説新潮」二〇一四年七月号
永代橋「小説新潮」二〇一五年七月号
の三編に、新たに書下ろした「雪の果て」が加わった構成となっている。よく読むとこの構成は実によく考えられたものとなっている。当然、読者は〝坂〟と〝渡し場〟の次に作者が何をモチーフとして括《くく》ったかが気になるところ。ところがその括りが見当らない。
しかしそう思うのは早計である。冒頭で物語世界を構築するための小説作法が深化しつつあると書いた。確かに江戸情緒を彷彿《ほうふつ》させるような舞台装置は見当らないが、作者はそれ以上のものを用意している。
例えば第二話「梅香餅」に次のような場面がある。
《なにしろおみさは、ここ湯島天満宮で『梅香餅』という花びらを模した餅菓子を販売して、女手ひとつで倅《せがれ》を育ててきたのである。商売あってこそ母子《おやこ》の暮らしが成り立っている。》
同様に第三話「甘酒」では次のような場面となっている。

《おきみが営む屋台の甘酒屋だった。
両国や繁華な場所を避けるようにして、そんなうら寂しい場所に店を出すのには訳があった。
おきみは、柳原土手で夜な夜な商いをする夜鷹《よたか》に、一杯の甘酒で元気を付けてもらいたい、力をつけてもらいたい、ささやかな一助になればと商っているのである。》
第四話「永代橋」では（二）の冒頭に、
《本所竪川《ほんじょたてかわ》に架かる二つ目橋の南詰《みなみづめ》、松井町二丁目の角っこに、間口二間の小奇麗な二階家がある。
一階の軒には柿色《かきいろ》の暖簾《のれん》を掛け、表に面した店先には障子一枚分に煙草《たばこ》の葉を大きく描き、その横に『かたりぐさ』と店の名を書いてある。
ここが、おきわが店のおかみとして采配《さいはい》を振るっている店だ。》
という場面がある。
つまり、女手ひとつで商売を営んでいるというのが共通の括りとなっている。さらにもうひとつある。それは彼女らの境遇である。「梅香餅」のおみさは母子家庭で、倅《せがれ》の新吉の父親は新吉が生まれる前に失踪《しっそう》してしまった。「甘酒」のおきみの父親は、出職の大工だったが、酒と博打《ばくち》が好きで、高利貸しに多額の借金を作って失踪。追いつめられた母親は、おきみを道連れに神田川に入水《じゆすい》し、夜鷹たちに命を救われたという過去をもっている。その母も二年前に亡《な》くなり、一人暮らしをしている。「永代橋」のおきわは、永代橋崩落の当日、五歳の嫡男彦太郎《ちやくなんひこたろう》と、三つ年上の先妻の娘おいとを連れて、富岡八幡宮《とみおかはちまんぐう》の祭りに来ていた。ところがおいとが崩落事故に巻き込まれ行方不明となる。それが原因で夫と離縁し、おきわは喪失感をかかえて生きている。この作品は明らかに天災と人災が重なり、大惨事となった五年前の〝三・一一〟で子供を失った多くの母親への鎮魂歌でもある。

作者は彼女らを貧しさからくる厳しい現実や、施政の歪《ゆが》みによって起こった事件に晒《さら》すという設定で括ったのである。つまり、括りを人事――人間に関する事柄へと移し、それをモチーフとしたのである。作者の狙いは苛酷《かこく》な現実と向いあう気力と、超えていく意思の強さを描くところにある。そのためには生活力が必要となる。そこで仕掛けとして施されたのが〝商売〟である。といっても彼女らは漫然と商売をしているわけではない。商売でもっとも大事な〝哲学と志〟をきちんと持っている。これが女性が子供をかかえて生きていくための大事な心得と言いたいようだ。実にこのあたりがうまい。作者の腕の確かさである。

〝括り〟も〝場所〟から〝人事〟へと重心を移することで、精神性もより深いものとなり、それを活写する小説作法も深化しつつある。二〇一五年に刊行され、高い評価を受けた『番神の梅』と共に、作者が新境地を開拓しつつあることがわかる。

問題は第一話「雪の果て」の位置付けである。明らかに前述した三編とはテーマが異っている。実はここにこの短編集のうまさと面白さがある。前述した三編は母子家庭、女性が一人で生きること、施政の歪みから起った事件の被害者と、いずれも現代と変わらない苛酷さが背景にある。それだけに重い。それを配慮して、作者がもっとも得意とし、多くのファンの心を摑《つか》んでいる物語世界を描いた「雪の果て」を冒頭に掲げたと推測しうる。

その象徴が末尾の二行にこめられており、きわめて印象的なシーンとなっている。雪の果てに浮かびあがってくるほのぼのとした暖かさが心地良い。それはその後の話に登場するおみさ、おきみ、おきわをもくるむようである。藤原ワールド全開で、うまい構成と評したのはこのことである。


（平成二十八年三月、文芸評論家）

初出一覧

雪の果て　書き下ろし
梅香餅　「小説新潮」二〇一四年一月号
甘酒　「小説新潮」二〇一四年七月号
永代橋　「小説新潮」二〇一五年七月号

本書はオリジナルです。

佐伯泰英著

光圀

―古着屋総兵衛　初傳―

新潮文庫百年特別書き下ろし作品

将軍綱吉の悪政に憤怒する水戸光圀。若き六代目総兵衛は使命と大義の狭間に揺れるのだが……。怒濤の活躍が始まるエピソードゼロ。

佐伯泰英著

死闘

古着屋総兵衛影始末　第一巻

表向きは古着問屋、裏の顔は徳川の危難に立ち向かう影の旗本大黒屋総兵衛。何者かが大黒屋殲滅に動き出した。傑作時代長編第一巻。

西條奈加著

善人長屋

差配も店子も情に厚いと評判の長屋。実は裏稼業を持つ悪党ばかりが住んでいる。そこへ善人ひとりが飛び込んで……。本格時代小説。

西條奈加著

閻魔の世直し

―善人長屋―

天誅を気取り、裏社会の頭衆を血祭りに上げる「閻魔組」。善人長屋の面々は裏稼業の技を尽し、その正体を暴けるか。本格時代小説。

宇江佐真理著

深川にゃんにゃん横丁

長屋が並ぶ、お江戸深川にゃんにゃん横丁で繰り広げられる出会いと別れ。下町の人情と愛らしい猫が魅力の心温まる時代小説。

宇江佐真理著

古手屋喜十　為事覚え

浅草のはずれで古着屋を営む喜十。嫌々ながら北町奉行所同心の手助けをする破目に――人情捕物帳の新シリーズ、ついにスタート！

司馬遼太郎著
梟の城
直木賞受賞
信長、秀吉……権力者たちの陰で、凄絶な死闘を展開する二人の忍者の生きざまを通して、かげろうの如き彼らの実像を活写した長編。

司馬遼太郎著
果心居士の幻術
戦国時代の武将たちに利用され、やがて殺されていった忍者たちを描く表題作など、歴史に埋もれた興味深い人物や事件を発掘する。

塩野七生著
愛の年代記
欲望、権謀のうず巻くイタリアの中世末期からルネサンスにかけて、激しく美しく恋に身をこがした女たちの華麗なる愛の物語9編。

塩野七生著
チェーザレ・ボルジア
あるいは優雅なる冷酷
毎日出版文化賞受賞
ルネサンス期、初めてイタリア統一の野望をいだいた一人の若者――〈毒を盛る男〉としてその名を歴史に残した男の栄光と悲劇。

宮城谷昌光著
玉人
女あり、玉のごとし――運命的な出会いをした男と女の烈しい恋の喜びと別離の嘆きを幻想的に描く表題作など、中国古代恋物語六篇。

宮城谷昌光著
史記の風景
中国歴史小説屈指の名手が、『史記』に溢れる人間の英知を探り、高名な成句、熟語のルーツをたどりながら、斬新な解釈を提示する。

吉川英治著

三国志（一）
―桃園の巻―

劉備・関羽・曹操・諸葛孔明ら英傑たちの物語が今、幕を開ける！ これを読まずして「三国志」は語れない。不滅の歴史ロマン巨編。

吉川英治著

宮本武蔵（一）

関ケ原の落人となり、故郷でも身を追われ、憎しみに荒ぶる野獣、武蔵。彼はいかに求道し剣豪となり得たのか。若さ滾る、第一幕！

吉村昭著

長英逃亡（上・下）

幕府の鎖国政策を批判して終身禁固となった当代一の蘭学者・高野長英は獄舎に放火させて脱獄。六年半にわたって全国を逃げのびる。

吉村昭著

ふぉん・しいほるとの娘
吉川英治文学賞受賞（上・下）

幕末の日本に最新の西洋医学を伝え神のごとく敬われたシーボルトと遊女・其扇の間に生まれたお稲の、波瀾の生涯を描く歴史大作。

三浦綾子著

細川ガラシャ夫人（上・下）

戦乱の世にあって、信仰と貞節に殉じた悲劇の女細川ガラシャ夫人。清らかにして熾烈なその生涯を描き出す、著者初の歴史小説。

三浦綾子著

千利休とその妻たち（上・下）

武力がすべてを支配した戦国時代、茶の湯に生涯を捧げた千利休。信仰に生きたその妻おりきとの清らかな愛を描く感動の歴史ロマン。

池波正太郎
平岩弓枝
松本清張
山本周五郎
宮部みゆき 著

親不孝長屋
—人情時代小説傑作選—

親の心、子知らず、子の心、親知らず——。名うての人情ものの名手五人が親子の情愛を描く。感涙必至の人情時代小説、名品五編。

池波正太郎
宇江佐真理
乙川優三郎
北原亞以子
村上元三 著

世話焼き長屋
—人情時代小説傑作選—

鼻つまみの変人亭主には、なぜか辛抱強い女房がついている。長屋や横丁で今宵も誰かが世話を焼く。感動必至の人情小説、傑作五編。

池波正太郎
山本一力
北原亞以子
山本周五郎
藤沢周平 著

たそがれ長屋
—人情時代小説傑作選—

老いてこそわかる人生の味がある。長屋を舞台に、武士と町人、男と女、それぞれの人生のたそがれ時を描いた傑作時代小説五編。

池波正太郎
乙川優三郎
五味康祐
宇江佐真理
山本周五郎
柴田錬三郎 著

がんこ長屋
—人情時代小説傑作選—

腕は磨けど、人生の儚さ。刀鍛冶、火術師、蕎麦切り名人……それぞれの矜持が導く男と女の運命。きらり技輝る、傑作六編を精選。

池波正太郎ほか著
縄田一男編

まんぷく長屋
—食欲文学傑作選—

鰻、羊羹、そして親友……⁉ 命に代えても食べたい、極上の美味とは。池波正太郎、筒井康隆、山田風太郎らの傑作七編を精選。

池波正太郎・柴田錬三郎
織田作之助・平岩弓枝著
山田風太郎
縄田一男 編

忍者だもの
—忍法小説五番勝負—

思わず涙こぼす日もある。狂おしいほどの恋だってする。忍者もまた、ひとりの男——。笑って泣ける、傑作〈忍び〉小説5編を厳選。

新潮文庫最新刊

村上春樹文
大橋　歩画
村上ラヂオ3
—サラダ好きのライオン—
不思議な体験から人生の深淵に触れるエピソードまで、小説家の抽斗《ひきだし》にはまだまだ話題がいっぱい！「小確幸」エッセイ52編。

角田光代著
私のなかの彼女
書くことに祖母は何を求めたんだろう。母の呪詛。恋人の抑圧。仕事の壁。全てに抗いもがきながら、自分の道を探す新しい私の物語。

安東能明著
伴　連　れ
警察手帳紛失という大失態を演じた高野朋美刑事は、数々な事件の中で捜査員として覚醒してゆく——。警察小説はここまで深化した。

石井光太著
蛍　の　森
村落で発生した老人の連続失踪事件。その裏に隠されていたのは余りにも凄絶な人権蹂躙の闇だった。ハンセン病差別を描く長編小説。

宇江佐真理著
雪まろげ
—古手屋喜十　為事覚え—
店先に捨てられていた赤子を拾って養子にした古着屋の喜十。ある日突然、赤子のきょうだいが現れて……。ホロリ涙の人情捕物帳。

藤原緋沙子著
雪　の　果　て
—人情江戸彩時記—
奸計に遭い、脱藩して江戸に潜伏する貞次郎。想い人の消息を耳にするのだが……。涙なくしては読めない人情時代小説傑作四編収録。

新潮文庫最新刊

新井素子著

イン・ザ・ヘブン

いろいろな天国、三つの願い、人工知能、神様のゲーム、第六感、そして「ノックの音」。バラエティ豊かな十編の短編とエッセイ。

吉上亮著

生存賭博

怪物〝月硝子《ディブーム》〟の出現により都市に隔離された市民は、やがて人と怪物の争いを賭けの対象にした。極限の欲望を描く近未来エンタメ。

堀内公太郎著

スクールカースト殺人教室

女王の下僕だった教師の死。保健室に届く密告の手紙。クラスの最底辺から悪魔誕生。もう誰も信じられない学園バトルロワイヤル！

蛭子能収著

ヘタウマな愛

遺影となった女房が微笑んでいる。俺は涙を止められなかった――。30年間連れ添った妻との別れと失意の日々を綴る感涙の回想記。

河合祥一郎著

シェイクスピアの正体

本当は、誰？　別人説や合作説が入り乱れる、天才劇作家の真の姿とは。シェイクスピア研究の第一人者が、演劇史上最大の謎を解く！

松岡和子著

深読みシェイクスピア

松たか子が、蒼井優が、唐沢寿明が芝居を通して教えてくれた、シェイクスピアの言葉の秘密。翻訳家だから書けた深く楽しい作品論。

雪《ゆき》の果《は》て

人情江戸彩時記

新潮文庫　ふ－46－3

平成二十八年五月一日発行

著者　藤《ふじ》原《わら》緋《ひ》沙《さ》子《こ》

発行者　佐藤隆信

発行所　株式会社　新潮社

郵便番号　一六二―八七一一
東京都新宿区矢来町七一
電話　編集部(〇三)三二六六―五四四〇
　　　読者係(〇三)三二六六―五一一一
http://www.shinchosha.co.jp

価格はカバーに表示してあります。

乱丁・落丁本は、ご面倒ですが小社読者係宛ご送付ください。送料小社負担にてお取替えいたします。

印刷・大日本印刷株式会社　製本・株式会社大進堂

ISBN978-4-10-139163-2 C0193